यादों की संदूकची

कहानीकार

संगीता नरेश ढानीवाला

INDIA · SINGAPORE · MALAYSIA

समर्पण

मेरे श्रद्धेय, आदर्श एवं मार्गदर्शक पिता स्व. डॉ. श्याम सुंदर शर्मा एवं माँ स्व. गीता देवी शर्मा को सादर समर्पित.....

अपने शब्द

"कहानी क्या होती है....? कुछ काल्पनिक मनगढ़ंत घटनाओं का सुंदर रचा गया ताना-बाना या जिंदगी के अनुभवों के आधार पर लिखी हुई कुछ जिंदा और कुछ मुर्दा ख्यालों की काली स्याही से उकेरे गए कुछ शब्दों-वाक्यों का लंबा चलने वाला सिलसिला......."

"यादों की संदूकची" इस कहानी संग्रह में प्रस्तुत कहानियां कल्पनाओं का आधार लेकर रची गई हैं। जहाँ हर पाठक को अपने लड़कपन की छवि हठात् ही नजर आयेगी।

बचपन और उसकी खुशबू से ओत-प्रोत 'चूहा-बिल्ली', 'बदला', 'पकड़म-पकड़ाई', 'लंगड़े बाबा' इत्यादि कहानियां पाठकों का स्वस्थ मनोरंजन करती हैं। 'अपराध बोध', 'उपहार', 'कांची नैनी' और 'अहसास' व 'फतीद द फैंदो' इत्यादि कहानियों में नन्हें हृदयों की संवेदनशीलता एवं सयुंक्त परिवारों का महत्व भी दृष्टिगोचर होता है। समाज के रुढिवादी विचारों और चेहरों पर चढाए हुए मुखौटे भी उतारती हैं ये कहानियां।

मानवीय स्वभाव व व्यवहार की जटिलता और उससे उपजे दुख व संताप को दर्शाती, 'दमयंती', 'किट्टी पार्टी', 'तस्वीरें' इत्यादि कहानियां पाठक को सोचने पर मजबूर करती हैं।

यह कहानी संग्रह पाठकों के समक्ष इंद्रधनुष की सी छटा प्रस्तुत करता हैं। एक तरफ बच्चों की मासूमियत तो दूसरी तरफ उनकी शैतानियों से लदी-फदी दिनचर्या। इसी प्रकार नारी हृदय की कोमल भावनाएं, रिश्तों व दायित्वों के बीच बहने वाली गहरी संवेदनाओं की शांत मगर विचलित करनेवाली धारा, नारी के अंतर्मन की वेदना और संघर्ष को उजागर करती है।

इस कहानी संग्रह की सबसे बड़ी विशेषता है इसकी सरल भाषा, जो बहुत ही सहजता से पाठकों के समक्ष दृश्यों को उकेरने में सफल हुई है‌।

आभार

जिनके प्रोत्साहन, प्रयासों और सहायता से ही यह कथा संग्रह प्रकाशित हो पाया है, मेरे पति डॉ. नरेश कुमार ढानीवाला, बेटे मृगांक, डॉ. मुकुंद, बहुएं मिताली एवं डॉ अदिति को हृदय से धन्यवाद...

कथा-अनुक्रम

पकड़म-पकड़ाई

वो घर था या कोई भूल भुलैया....? कोई अनजान व्यक्ति यदि अकेले उस घर में गलती से घुस जाए तो बाहर निकलना लगभग नामुमकिन....। पहाड़ी इलाकों के मुख्य बाजारों में बने विशालकाय मकान लगभग इसी प्रकार के होते हैं। सड़क के समतल से शुरू होकर थोड़ा आगे जाकर पहाड़ की ढलान के साथ-साथ उसी के अनुरूप आकार लेते घर, कहीं खुले हवादार तो कहीं कुएँ या खाई की तरह डरावने। कहीं-कहीं तो ऐसा प्रतीत होता मानों किसी गुफा में प्रवेश कर गए हैं। सच में, उसका अगला छोर किसी दूसरी सड़क से जा मिलता और सामने होता एक प्रकाशमय दालान। मैदानी क्षेत्रों से आये मेहमानों को ये घर बड़े रहस्यमयी मालूम होते। खासकर बच्चे तो बहुत ही डरे-सहमे रहते और अकेले इधर-उधर जाने से कतराते।

ऐसे घरों में बच्चों की बड़ी मौज रहती। कोई खेलने से गना करता या पढ़ाई करने को कहता, तो सर झुका कर वहाँ से निकल लेते मगर दूसरे कोने में जाकर खूब ऊधम मचाते। यदि वापस पूछताछ होती तो बड़ी सफाई से झूठ बोल दिया जाता कि ऊपर या नीचे पढ़ रहे थे। इतने बड़े अजायबघर में कोई कितना हिसाब-किताब रखे, कितनी चौकीदारी करे। यही हाल घर के नौकर-चाकरों का भी था। इधर काम बोला तो उधर चले गए और किसी कोने में बैठे लगे खैनी रगड़ने।

बहुएँ भी ओने-कोनों में बैठ कर अच्छी खासी नींद मार लेती। नीचे पूछा जाता तो कहती, ऊपर छत पर कपड़े सूखा रही थी और अगर ऊपर चौकसी हुई तो कह देती कि नीचे छत झाड़ रही थी। इन अजीबोगरीब घरों के किस्से भी उनकी तरह अजीब ही होते हैं।

ठंडे प्रदेशों में लोग जरा आराम पसंद होते हैं। कुछ तो अधिक ठंड के कारण और कुछ आदत से लाचार होकर, अधिकतर घरों में लोग दोपहर भर लंबी तान कर सोते हैं। यह सर्वविदित होने के कारण यहाँ रात की बजाए दोपहर में अधिक चोरियां होती हैं। राह चलते चोर-उचक्कों को जब भी अवसर मिलता है ये घरों में घुस कर जो नजर आए उठा ले जाते हैं। इन छुटभैय्यों की चोरियां कई बार तो पकड़ में ही नहीं आती। चीजें इधर-उधर हो गई तो ये समझ लिया जाता कि चोरी हो गई हैं या फिर घर के बेचारे नौकरों की अनावश्यक पूछताछ होती।

ऐसे ही एक घर में जहाँ एक बड़ा-सा परिवार, जैसे कई जोड़े दादा-दादी, चाचा-चाची, ताऊ-ताई, अम्मा-बाबू और कुछ शैतान बच्चे रहते थे, ऐसी ही किसी दोपहर जब सारा घर चैन की बंसी और नाक बजा रहा था कोई मौके का फायदा उठाकर घर में घुस गया। उसे मकान के पिछवाड़े की एक खिड़की खुली मिल गई। उस बेचारे को लगा कि आज उसका नसीब बड़ा अच्छा है। चोर महाशय इस तरह के घर में पहली बार घुसा था। ऊपर से नीचे, नीचे से ऊपर घूम-घूम कर वह बावला हो गया, मगर खुले में साग-सब्जी, फल, चौकी-पाटों, जूतों चप्पलों, टेबल कुर्सी के अलावा और कुछ नहीं दिखा उसे। वह किसी भी कमरे में झांकता तो हर कमरे में कोई

न कोई सोता हुआ मिल जाता। उसने हिम्मत करके ऊपरी मंजिल के एक कमरे का दरवाजा ढकेला। अंदर एक बुढिया थाली में खाना परोस रही थी।

चोर भाई कुछ सोचते उससे पहले बुढिया ने उसे देख लिया, भौंहें ऊँची कर के पूछा "कौन हो?" उस बेचारे की बोलती बंद। बुढिया ने जरा आवाज ऊँची कर वही प्रश्न दोहराया तो डरे हुए चोर के मुँह से अ ब ड अअअअ.... ही निकल पाया।

बुढिया को न जाने क्या सुनाई दिया वह आश्वस्त हो कर बोली "अच्छा-अच्छा, डॉक्टर को दिखाने आये हो! चले जाओ, एकदम निचली मंजिल पर अपने कमरे में हैं।" चोर तुरंत मुड़ा, बुढिया ने फिर पुकारा, "ऐ सुनो! नीचे जा ही रहे हो तो उसका खाना भी ले जाओ। दोपहर को कौन सा रोज गर्म खाना खा पाता है बेचारा। आज आधी छुट्टी है न। अच्छा हुआ, तुम आ गये। वरना, अभी इस वक्त इस घर में कोई चूहा भी दिखाई नहीं देता। सबके सब, कुंभकर्ण की औलाद, सोये पड़े रहते हैं। गर्म-गर्म खा लेगा बच्चा। जरा आराम से ले जाना, नीचे बहुत अंधेरा है।" चोर बेचारे ने परोसी हुई थाली पकड़ी, मरता क्या न करता, और छूटा वहाँ से।

उस परोसी हुई थाली ने उसकी भूख को जगा दिया, अब वह सतर्क हो कर ऐसी जगह याद करने लगा जहाँ कोई कमरा नहीं था। बड़ी देर से वह इस घर की भूल भुलैया में भटक रहा था तो भी घर का भूगोल उसके पल्ले नहीं पड़ा। उसने अकल लगाई, बुढिया नीचे जाने को कह रही थी तो उसे ऊपर जाना चाहिए। वह उस लम्बे गलियारे से दबे पांव

चलता हुआ गुजर ही रहा था कि उसकी पीठ पीछे एक कमरे का दरवाजा खुला।

एक मरदाना आवाज ने पूछा, "कौन है?" उसकी टांगें डर के मारे कॉंपने लगी। आवाज लगाने वाला अब उसके ठीक पीछे खड़ा था। चोर पलटा, उसे कुछ समझ नहीं आया तो थाली सामने कर दी। आवाज लगाने वाला एक प्रौढ व्यक्ति था। उसके हाथों में ढेर सारे नोट थे, शायद वो रुपये गिन रहा था। चोर की नजर नोटों पर और उसकी नजर थाली पर अटक गई।

परोसी थाली देखकर जाने कैसे वह समझ गया, बोला "अच्छा तो तुम डॉक्टर बाबू को खाना देने जा रहे हो.... जाओ जाओ।" चोर ने लगभग दौड़ ही लगानी थी कि वह फिर पीछे से बोला, "रुको...।" चोर राम जी की तो सांस ही बंद हो गई। वह नोट वाला व्यक्ति उसके सामने आया और गिनकर कुछ नोट उसकी ओर बढ़ाए और कहा, "डॉक्टर से कह देना शाम को बाहर जाए तो छोटे चाचा की महीने भर की दवाइयां लेता आये।" चोर ने बहुत संभलकर थाली एक हाथ में पकड़ी और दूसरे हाथ से नोट ले लिए और हाँ में गरदन हिला दी।

कमरे का दरवाजा बंद होने की आवाज सुनते ही वह ऊपर की ओर भागा। उसने सोचा, बस अब खाना खाकर फूट लूं इस पागलखाने से। अब तो थोड़े पैसे भी मिल गए। आज का कोटा पूरा हो गया। शाम की दारू पार्टी का बंदोबस्त भी हो गया। वह यह सब सोचते हुए जा रहा था कि उसके पैरों से टकराकर बच्चों की दूध वाली कोई कॉंच की बोतल फूट गई। खन्न! की आवाज के साथ चोर के हाथ से भोजन की थाली और नोट भी नीचे गिर गए। इस अप्रत्याशित मुसीबत

से डरकर चोर बेचारा घबराहट में भागा। हड़बड़ी में ये भी नहीं देखा कि सामने टूटी बोतल का काँच फैला हुआ है। उसका एक पाँव लहूलुहान हो गया। खून से लथपथ पाँव लिए वो लंगड़ाते हुए सामने की सीढ़ियां चढने लगा। ऊपर पहुंच कर दर्द से बिलबिलाते हुए उसने इधर-उधर देखा। वह रसोईघर के बिल्कुल सामने खड़ा था, जहाँ बैठी हुई एक दूसरी बूढी अम्मा अपने नये सिले ब्लाउज पर बटन टांक रही थी।

किसी अजनबी को अपने सामने खड़ा देख वह घबरा गई और चीखने ही वाली थी कि चोर ने उसके सामने हाथ जोड़ दिए। अम्मा की आँखें भय से फैल गई और यही हाल उस अभागे चोर का भी था। चोर ने बड़े ही दयनीय भाव के साथ अपना खून से लथपथ पाँव अम्मा के आगे कर दिया। खून देख कर अम्मा बेहोश होकर लुढकने ही वाली थी कि चोर ने थाम लिया और पाँव पर बाँधने के लिए कोई कपड़ा माँगा। उसकी नजर अम्मा के हाथ में पड़े ब्लाउज की तरफ थी। अम्मा ने ब्लाउज बिना कुछ बोले उसके आगे कर दिया। चोर ने वहीं अम्मा की बगल में बैठकर पाँव पर ब्लाउज लपेटा और रसोई से सटी छोटी छत की ओर चला गया। अम्मा सकते में वहीं बैठी रही।

नीचे भोजन की थाली गिरने से जो आवाज आई तो घर के सभी लोग अपने-अपने कमरों से उठकर बाहर आ गए। चारों तरफ बिखरा हुआ भोजन और करारे-करारे नोट, टूटी दूध की बोतल और जमीन पर फैले दूध के साथ खूनी पंजों के निशान देखकर भगदड़ मच गई।

"चोर... चोर.... चोर.... चोर" का शोर उठा। छोटे चाचा ने बिना किसी हिल-हवाले के अपने सारे नोट बटोर लिए।

खूनी पंजों के निशान का पीछा करते हुए सब ऊपर रसोईघर में पहुंचे, जहाँ अम्मा रंग उड़े चेहरे के साथ मूर्तिवत बैठी हुई थी, जैसे कोई भूत देख लिया हो। किसी ने उनको कंधे से पकड़कर झंझोड़ा तो अम्मा की जैसे बेहोशी टूटी और वो घबरा कर रोने लगी। "चोर को देखा क्या?" पूछने पर उन्होंने बगल की छत की ओर इशारा किया। सब उस तरफ दौड़ गए।

इधर जब चोर राजा अम्मा का ब्लाउज पाँव पर लपेटकर छोटी छत पर आया तो उसे भागने के लिए कोई भी रास्ता नजर नहीं आया। वह बौखलाया-सा चारों तरफ घूम-घूमकर देखता रहा मगर घर से बाहर निकलने का हर तरफ से सिर्फ एक ही रास्ता था, ऊपर से सीधा नीचे। अब अंधेरा होने लगा था, शाम के चार बज आए थे। उत्तर पूर्व राज्यों में सूरज जल्दी उगता भी है और जल्द ही ढल भी जाता है। चोर ने नीचे झांककर देखा, वह चौथी मंजिल की छत पर खड़ा था। वह जिस खुली खिड़की से घर में घुसा था वो खिड़की तलघर की थी।

अब क्या करे, सोच ही रहा था कि उसे चप्पल की आवाज सुनाई दी। घबराकर वह छत की मुंडेर से उतर कर उसके छज्जे से नीचे उतरने की कोशिश करने लगा। नीचे गहरी खाई-सी संकरी गली में पाईप के सहारे उतर जाऊँगा, सोचकर वह छज्जे से झांक ही रहा था कि ब्लाउज वाली अम्मा जी की बड़की बहू छत पर सूखने डले कपड़े उतारने आ गई।

इस छत से बस दो ढाई फूट के फासले पर ही दूसरे मकान का छज्जा भी था। उधर भी बड़की बहू की सहेली

मुंडेर पर आ खड़ी हुई। दोनों आपस में बतियाने लगी। चोर राम जी की जान हलक में अटक गई। न ऊपर आते बना न नीचे जाते......। वह अपने आप को छुपाते हुए छज्जे को हाथों से पकड़ कर लटक गया। उसे लगा जब ये औरतें चली जायेंगी तो वह किसी पाईप के सहारे नीचे उतर कर भाग जाएगा। औरतों की बातों का तो कोई अंत है ही नहीं और ये दोनों तो प्रगाढ़ सहेलियाँ थी। रोज इसी वक्त धुले कपड़े उतारने आती और अपनी सास, ननदों, देवरानी, जेठानियों के कपड़े उतार जाती।

इधर घर के सभी मर्द और औरतें अम्मा के इशारे पर छोटी छत पर पहुंचे तो बड़की बहू को देखकर पूछा, "किसी को देखा तो नहीं यहाँ?" चोर वाली बात से अनजान और बातों में मग्न दोनों सहेलियों ने एक स्वर में जवाब दिया, "नहीं तो, यहाँ तो कोई नहीं हम दोनों के अलावा। हम तो सूखे कपड़े उतारने आई थी।" सबने इधर-उधर नजर दौड़ाई और आश्वस्त हो कर चले गए। "भाग गया बदमाश" सोचा सभी ने....... "मगर कहाँ से भागा होगा?" अब सब मिलकर इस पर अपना जासूसी दिमाग लगा रहे थे और अपनी एक से बढकर एक दलीलें पेश कर रहे थे।

इधर इन दोनों सहेलियों की बातें खत्म होने का नाम ही नहीं ले रही थी। बेचारा चोर उस मनहूस क्षण को कोस रहा था जब वो इस अजायबघर में घुसा। उसके हाथ लटके-लटके खिंच कर टूटने की कगार पर थे। वह इन बातूनी औरतों को कोस रहा था। तभी सामने की छत पर किसी ने लाईट जलाई। छज्जे पर रोशनी पड़ते ही सामने वाली बहू को चोर की उँगलियाँ दिखाई दी। उसने कँपकँपाते हुए अम्मा की

बड़की बहू को छज्जे की तरफ देखने का इशारा किया। बड़की बहू ने जैसे ही छज्जे से चिपकी दस ऊँगलियाँ देखी तो जोर से चीखी। इतनी जोर की चीख सुनकर बेचारा चोर घबरा गया और उसने छज्जा छोड़ दिया। एक जोरदार आवाज आई, धम्ममम..........।

दोनों बहूएं चोर-चोर चिल्लाती हुई अपने-अपने घर के अंदर भागी। नीचे बैठक में वैसे भी चोर पुराण ही चल रहा था। सब दौड़कर ऊपर जाने लगे तो बड़की उन्हें सीढियों पर ही मिल गई। उसके मुँह से बोल ही नहीं फूट रहे थे। किसी तरह से उसने चोर भाई साहब के छज्जे से नीचे गिरने वाली बात बताई तो पूरा का पूरा कुनबा गली की तरफ दौड़ा। बाहर गली के मुहाने पर भीड़ जमा हो गई।

अंधेरी गली में टॉर्च की रोशनी मार-मार कर चोर की तलाश शुरू हुई। घर-बाहर के बच्चों में बड़ा उत्साह दिखाई दे रहा था। सब जमा होकर तरह-तरह की मनगढ़ंत कहानियां बुनने में लगे थे। तभी किसी को गली के बीचोंबीच एक बिन मुंडी का आदमी कराहते हुए नजर आया। वह जोर से चिल्लाया, "इधर कोई है, कोई है...।" सब सतर्क होकर उस तरफ आए। आश्चर्य से आँखें फाड़े सब उस बिना मुंडी वाले मानव धड़ को घूरे जा रहे थे। एक तो संकरी सी गली, उस पर घोर अंधेरा, चोर महाशय का सिर दिखाई ही नहीं दे रहा था।

किसी ने हिम्मत दिखाई और उसके बिल्कुल पास जाकर बदन को हिलाकर देखा तो बेचारा मुसीबत का मारा चोर तड़प उठा। दरअसल वह सिर के बल गिरा और उस बदकिस्मत का सर एक खुली नाली में घुस गया। बुरी तरह चोट खाए उस

बदन में इतनी ताकत शेष नहीं रह गई थी कि वह अपनी गरदन आप बाहर निकाल सके। लोगों ने खींच कर उसे बाहर निकाला और गली के बाहर ले आये। अब तक बाकी लोगों ने पुलिस भी बुला ली।

बाहर तमाशबीन चोर के साक्षात दर्शन के लिए उत्तेजित हो रहे थे। "मारो साले को, मारो" जोशीले स्वर सुनाई देने लगे। उस घर की औरतें अब सामने आ गई और कहने लगी, "इस मरे हुए को और क्या मारोगे, पुलिस के हवाले कर दो। छोड़ दो बेचारे को।"

तभी घर की सबसे भीरू व डरपोक बूढ़ी अम्मा तेजी से चलती हुई आई और चोर के सामने खड़ी होकर रोने लगी। सब एकदम से बौखला गए।

पुलिस ऑफिसर ने बड़े मीठे स्वर में कहा, "अम्मा जी, घबराइए नहीं, हम हैं न। हमारे रहते कोई नहीं मार सकता इसको। किसकी हिम्मत है जो कानून हाथ में ले।"

अम्मा के कान पर जूँ भी नहीं रेंगी, बस रोए जा रही थी। भोजन की थाली चोर को देने वाली बुढ़िया ने चिढ़कर अम्मा का कंधा पकड़ कर हिलाया, "क्या हुआ? क्यों रो रही इतना?"

अम्मा रोते-रोते बोली, "नाशपीटे-मरजाने ने मेरा नया ब्लाउज खराब कर दिया" और वो फिर रोने लगी.....।

आजकल घर और मोहल्ले के बच्चे मिल कर रोज पकड़म-पकड़ाई खेलते हैं। कोई बुढ़िया दादी तो कोई बूढ़ी अम्मा, कोई बड़की बहू तो कोई उसकी सहेली बनता है। कुछ बच्चे पुलिस बन जाते मगर कोई चोर बनने को राजी नहीं

होता। किसी तरह मोहल्ले के एक भोले-भाले बच्चे को रोज नई-नई पट्टियां पढ़ा कर चोर बना देते हैं। सारा खेल बड़े मजे से चलता है लेकिन अंत में छज्जे पर पहुंच कर चोर अड़ जाता है कि वह नीचे नहीं कूदेगा.........।

जब कभी सारा परिवार इकट्ठा बैठता है तो चोर वाली रामायण का इस घर में अक्सर पाठ होता रहता है। मगर आज तक छोटे चाचा और बुढ़िया दादी ने चोर रामायण का थाली कांड और नोट कांड किसी को नहीं सुनाया।

यादों की संदूकची

"बुढ़िया का दिमाग सठिया गया है। कब्र में पाँव लटके हैं फिर भी मोहमाया नहीं छूटती। आखिर रक्खा क्या है इस टीन के डब्बे में जो किसी को हाथ लगाना तो दूर, पास भी नहीं फटकने देती है। नागिन की तरह फन फैलाकर बैठी रहती है।"

छोटी बहू लगातार बड़बड़ाए जा रही थी। बड़की और मझली मुँह में पल्लू ठूंसे अपनी हँसी दबा रही थी। छोटी का अभी खत्म नहीं हुआ था। उन दोनों की हँसी से और अधिक बिफर कर कहने लगी, "और क्या!! कम से कम तीन-चार हजार रुपये खर्च हो जाते हैं हर महीने इस पर और इसके तेवर तो देखे कोई! एक तो दिन भर सेवा करो बुढ़िया की, तीन वक्त ठूंस कर खाना खिलाओ, ऊपर से इसके नखरे सहो। मैंने तो बस झाड़ू लगाने के लिए जरा सा संदूक खिसकाया था कि उठ बैठी। जाने क्या छुपाकर रखा हुआ है? कब छुटकारा मिलेगा इससे पता नहीं...?"

रात भोजन के वक्त पूरा परिवार इकट्ठा था, लेकिन छोटा भाई और उसकी पत्नी नदारद थे। बड़े भैया ने पूछा तो पता चला भोजन लेकर देवरजी कमरे में ही चले गए हैं। कमरे में क्या चल रहा होगा इसकी सभी कल्पना कर सकते थे। ये छोटी बहू का रोज का कारोबार था। रुठ जाती और बेचारे पति देव की शामत आ जाती और फिर मान-मनौव्वल का सिलसिला....।

लेकिन आज कुछ अलग होने जा रहा था। छोटी बहू ने माँ जी वाली बात को इतना तोड़-मरोड़कर पेश किया कि बेटा माँ पर बुरी तरह से बिफर गया। अचानक ही जोरदार आवाज के साथ छोटी बहू के कमरे का दरवाजा खुला और बड़े भाई-भाभी सभी सकते में आ गए। तेज गति से चलता हुआ छोटा भाई माँ के कमरे में तीर की तरह घुसा। लगभग चीख कर पुकारा माँ!!!!! माँ छोटे से अंधेरे कमरे के कोने में बैठी, रोटी देने आई सबसे छोटी पोती से अपनी संदूकची खुलवा रही थी। गले में तुलसी की माला के धागे से बंधी चाबी से संदूक का ताला खोलने की चेष्टा में लगी माँ को देखकर छोटे बेटे का दिमाग सातवें आसमान पर पहुंच गया। छोटी बहू ने बड़बड़ाकर आग में घी डालने का काम किया।

बेटे ने आव देखा न ताव, कस कर संदूकची पर एक लात मारी और चीख कर कहा, "आखिर हमें भी तो पता चले कि इसमें क्या खज़ाना छिपा कर रखा हुआ है। किसी को हाथ भी नहीं लगाने देती, छुपछुप कर इसे खोलती हो। हमारे ही घर में, हमारे ही खर्चों पर पल रही हो। दिनरात हमारी पत्नियाँ तुम्हारी सेवा करती हैं और हम से ही छुपमछुपाई। जाने कहाँ से और कब से चुरा-चुरा कर माल जोड़ लिया है। ऐसा कैसे बाबूजी कुछ छोड़कर नहीं गए? बुढ़िया चतुर निकली, बेचारगी मुँह पर ओढ़े, बाबूजी का धन भी दबा लिया।"

जोर की लात लगने से माँ की संदूक पलट गई और दूर-दूर तक सामान फैल गया, साथ ही दुःख, अफसोस, लज्जा और आश्चर्य से फैल गईं माँ की आँखें। मूर्तिवत् बैठी माँ को जब चेतना आई तो हड़बड़ाकर सारा सामान बटोरने लगी। सकते में आने की बारी अब बहूओं, बेटों, पोतों-पोतियों की

थी। खज़ाना ढूंढती छोटे बेटे की आँखों ने देखा अपने बचपन का वो टूटा खिलौना जिसके लिए बाबूजी ने बड़े दिनों पैसे बचाकर छोटे लाडले बेटे की जिद्द पूरी की थी। बड़े भैया ने देखा काले कपड़े का घोड़ा, जिसे वो दिनभर सीने से चिपकाए रखते थे।

मझले भैया अपनी फटी हुई बंडी-धोती का जोड़ा पहचान कर चिल्ला ही पड़े "अरे! ये तो मेरी प्रिय पोशाक है। मैं हर जगह यही कपड़े पहनकर जाता और रोज यही पहनने की जिद किया करता था।" अपने हाथों से बने मिट्टी के हाथी-घोड़े, पहली-पहली स्लेट, पेंसिल से लिखी बारहखड़ी वाली बही और कलम, इन्हें देख कर तीनों भाई खुश हो रहे थे। बहूओं ने देखा, पाँचों पोते-पोतियों के बचपन के फटे पोतड़े, लंगोटी, टूटे-फूटे खिलौने, बच्चों की हाथों की बनी आड़ी-टेढ़ी तस्वीरे, चित्रकारी और कागज की नाव.....।

सब अपनी-अपनी चीजों पर टूट पड़े। इधर माँ का हृदय भी जैसा आज टूटा वैसा शायद पहले कभी नहीं....। बाबूजी गए उस दिन भी माँ ने बच्चों का मुँह देखकर खुद को संभाल लिया था। आज माँ को कुछ भी नजर नहीं आ रहा था क्योंकि आँखों में सैलाब उमड़ पड़ा था। कानों को भी अब कुछ सुनने का मोह नहीं रह गया और जुबान तो तालू से ही चिपक गई थी।

माँ को आज उसकी औलाद ने ही पूरे परिवार के सामने बेआबरू कर दिया....। माँ का सालों से संजोया खज़ाना और सुनहरी यादों से भरी संदूकची आज लुटेरे लूटकर ले गए.........

बदला

उसने बड़ी गंभीरता से कहा, "अब कुछ करना पड़ेगा।" यह कहकर वह चुप हो गया। सभी उसका मुँह ताक रहे थे। वह अजीब-सा चेहरा बनाने लगा। उसकी भाव-भंगिमा देख सभी की बैचेनी बढ़ती जा रही थी। आखिर उनमें से जो सबसे छोटा दिखाई दे रहा था खड़ा हो कर बोल पड़ा, "क्या करना पड़ेगा? कुछ आगे भी तो कहो।" यह देख किसी ने उसका हाथ खींच कर बैठा दिया तो किसी ने कमर के निचले हिस्से में चिकोटी काटी। कोई मुँह ही मुँह में बड़बड़ाने लगा, "इस इयेढ स्याणे को देखो जरा?"

उसने भी धीरे से अपना चेहरा छोटे की ओर घुमाया। अपनी पहली अंगुली होठों पर बजाते हुए एकटक उसी तरफ देखने लगा। हठात ही ड्योढ़ी का दरवाजा खुला। रात के इस समय दरवाजे की आवाज भयंकर रूप से सुनाई दी। सभी घबराकर इधर-उधर हो गये। उस भीड़ का नायक तो न जाने कहाँ अदृश्य हो गया। सब अपना सर छुपाने का इंतजाम ढूंढ ही रहे थे कि देखा ये तो घर का नौकर रामजी है। ठंडी रात में समूचा बदन कंबल से ढांके, मुँह से भद्दी-सी सिसकारी मारता हुआ जाने क्या लेने बाहर निकल कर आया था। शायद, एक पट खुली पान की दुकान से बीड़ी लेने आया हो। साली ठंड भी तो कैसी कड़ाके की पड़ रही है। आदमी बिस्तर पर अकेला सो ही नहीं सकता। कितनी ही रजाईयां डाल लो,

बदन है कि गरम होने का नाम ही नहीं लेता। सेठ-सेठानी तो हीटर जला कर या गर्म पानी की थैलियों के साथ खर्राटे मारते हैं, मगर नौकरों की ऐसी तकदीर कहाँ।

रामजी के इस तरह अप्रत्याशित रुप से प्रकट होने पर सभी चौकन्ने हो गये। मगर रामजी ने चेहरे पर कंबल ऐसे लपेट रखा था जैसे घोड़े की आँखों पर पट्टी। बस रास्ता भर ही देख पा रहा होगा, सोचकर सबने राहत की साँस ली। रामजी धम-धम करता भारी-भारी पैरों से इयोढ़ी की सीढियों से उतरा, नीचे झुका कि बदबू का एक झोंका हवा में फैल गया। इधर-उधर दुबके हुए में से किसी ने एक भद्दी-सी गाली बकी। रामजी तुरंत ही पलटकर घर में जा घुसा और जोर से दरवाजा बंद कर लिया। सबने लम्बी साँस छोड़ी। रामजी को देखकर एक बार तो लगा कि आज पकड़े ही जायेंगे और आज की कार्यवाही यहीं समाप्त। मगर बाल-बाल बच गये। सब धीरे-धीरे वापस लौट आए और कोने में बिछे तख्त पर बैठ गए।

रामजी को गाली देने वाले ने झुंझलाकर कहा, "ई साला, इतना रात को यहाँ केवल बदबू फैलाने आया था...?" सभी ठहाका लगाकर हँसने लगे। छोटू बोला, "अरे नहीं भैया, वो अपना चप्पल उठाकर ले गया है।" एकाएक सभी गंभीर हो गए और खुफिया निगाहों से अंधेरे में कुछ ढूंढने से लगे.... उनका नायक, जो रामजी के दृश्य में प्रवेश के साथ ही स्वयं अदृश्य हो गया था। सब चुपचाप उसे ढूंढ ही रहे थे कि एकाएक सभी के हलक से घुटी-घुटी सी चीख निकल गई। तख्त के नीचे से एक साया निकलता हुआ जो देख लिया था। तख्त से दूर छिटके, आँखों में डर की छाया लिए सभी

की बोलती बंद देख साये ने इशारा किया कि "मैं हूँ।" अपने सरदार को पहचान सभी आश्वस्त हुए।

रामजी की कृपा से अंतर्ध्यान हुआ सरदार अपनी खिसियाहट छुपाने की कोशिश में छोटे की खुपड़िया पर टपकी मारते हुए बोला, "बस इत्ती-सी बात से डर गए।" एक बार फिर सभी सभासद तख्त पर जैसे-तैसे आसीन हुए और खुफिया एजेंसी फिर अपनी योजना का ताना-बाना बुनने में लग गई।

चुप्पी तोड़ते हुए नायक ने कहा, "हमारे साथ अन्याय हुआ है। इसे हरगिज सहन नहीं किया जा सकता। हमें इसका बदला लेना होगा। ईंट का जवाब पत्थर के रूप में देना ही पड़ेगा।" सभी ने उत्तेजित स्वर में हामी भरी।

"जिस चीज पर हमारा हक था किसी और को दिया गया.... क्यों? आखिर क्यों..। रोजाना का साथ हमारा और विशेष सहुलियतें उनको... ये एक बार नहीं कई बार हुआ है। इसे अब रोकना ही होगा। अब कुछ न कुछ करना पड़ेगा।"

छोटा फिर मचला, "लेकिन क्या??"

सभी ने आँखें तरेरी मगर नायक ने छोटे के कंधे पर हाथ फेर कर कहा, "देखते जाओ।" नायक ने पॉकेट से एक पोस्टकार्ड और पेन निकाला और उसपर कुछ लिखने लगा। सब उत्सुकता से उसको निहार रहे थे। बीच-बीच में उचक-उचक कर उसका लिखा पढ़ने की कोशिश भी कर रहे थे। बड़ी देर तक, बड़े सोच-विचार के साथ नायक ने कुछ लिखा और फिर कुछ इस तरह से गर्दन को अकड़कर सीधा किया मानो भारत का संविधान ही लिख डाला हो। सब नायक के कंधों

पर लटक से गये। उनकी उत्सुकता से ओत-प्रोत खलबली को भांप कर नायक ने गला खंखार कर खत पढ़ना शुरू किया...

सेठ मंगतराम

आटा चक्की मार्ग

बड़ी मंडी

मुंगेर...

सेठ मंगतराम को सूचित किया जाता है कि उनकी समाज विरोधी गतिविधियों को मद्देनजर रखते हुए डाकू मंगल सिंह अपनी टोली के संग रविवार के दिन भोरे-भोरे, खुलेआम-दिनदहाड़े उनके घर डाका डालेंगे। खबरदारी रखें, पुलिस को या पास-पड़ोसियों को भी सूचना दी तो जान का खतरा होगा। हमारे आदमी आपके बाल-बच्चों और महिलाओं पर लगातार नजर रखें हुए हैं।

जय भवानी...

डाकू मंगलसिंह....

सभी के चेहरे एकदम सफेद पड़ गये। डर के मारे बड़ी देर तक कुछ कह ही नहीं पाये...। छोटा तो लगभग काँप ही रहा था। कोई घुटी-सी आवाज में बोला, "ये ठीक न होगा। हम कैसे डाका डाल सकते हैं, पकड़े न जायेंगे। हमारे पास असली तो क्या नकली खिलौने वाली बंदूक भी नहीं है।"

नायक बिफर गया, "अबे काठ के उल्लू...डाका डालने को कौन बोला बे!! अरे घनचक्कर!! ये तो उस मक्कार सेठ और उसके खानदान को डराने के लिए है। साला, दिनभर

उसके पोते-पोतियों की क्रिकेट टीम खेलेगी हमारे साथ, घूमेंगी-फिरेगी हमारे साथ, मटरगश्ती हमारे साथ और साला जन्मदिन आयेगा तो केक खायेगा चौधरी, खुशवाहा और कलेक्टर का बच्चा लोग। हमरे साथ दगाबाजी करेगा तो ऐसे ही छोड़ देंगे क्या? बच्चा न समझे कोई हमको... ऐसा डरायेंगे बेटा, धोती तो गीला कर ही देंगे कंजूस-मक्खीचूस मंगतू सेठ का...।"

नायक की भुजाएं फड़फड़ाने लगी, त्यौरियाँ चढी, साँस धौकनी की तरह चलने लगी और जोश में इस तरह तन कर खड़ा हुआ कि सभी बच्चों की सेना ने उसे चारों तरफ से घेर लिया मानो वह कोई किला अभी-अभी फतह कर आया है। अपमान की आग में सुलगते बच्चों की नींद कई दिनों से उड़ी हुई थी, आज पैर पसार लम्बी तान कर सोये सभी।

रविवार को सेठ मंगतराम के घर के दरवाजे दिन भर बंद रहे। न कोई बाहर निकला न किसी को अंदर आने दिया गया। दूध वाले को भी कुछ कह सुना कर टरका दिया गया। सारा मोहल्ला दिनभर इस उधेड़बुन में लगा रहा कि ऐसी क्या अनहोनी या दुर्घटना हो गई....। घर के अंदर क्या चल रहा होगा, पता नहीं, पर घर के बाहर तो अच्छा-खासा माहौल बना हुआ था। जगह-जगह लोगों के झुंड खड़े अटकलें लगा रहे थे। कोई कहता, सेठ लुढकने वाला है, कोई कहता अरे नहीं, लुढक गया। कोई कहता, मुझे तो पहले से ही पता था वो चार-पांच दिनों से बीमार ही था। पोती भाग गई शायद... लड़की के लक्षण अच्छे नहीं थे। कल रात घर में काफी शोर-शराबा मचा हुआ था, हमें तो रात ही समझ आ गया कि बहुत भारी गड़बड़ हुई हैं। दिवालिया निकल गया है, बेचारे की

साख मिट गई... वगैरह-वगैरह। अपनी-अपनी क्षमतानुसार सभी कहानियां गढ़ने में जान लगाकर जुटे हुए थे। जासूसी कंपनियां अपने काम में जोर-शोर से लगी थी।

इधर चंद नन्हे दिमाग, थोड़े-थोड़े डर के साथ-साथ ही सही मगर खुशी से फूले नहीं समा रहे थे। अपने हक व अधिकार की लड़ाई आज उन्होंने जीत ही ली। टोली का सरदार, जो रामजी के आने की आहट भर से अपनी टोली को छोड़ अकेला ही तख्त के नीचे दुबक गया था, आज सीना तान कर बच्चों के सामने लम्बी-लम्बी छोड़ रहा था और बच्चे मुँह फाड़े बड़े मुग्धभाव से बस उसे निहारे जा रहे थे।

सुंदर माँ

'सुंदर माँ! सुंदर माँ!!!!' पुकारते हुए जब गोपी और सोना ड्राइंगरुम में घुसे तो किसी अनजान महिला को देखकर ठिठक गए। सांत्वना दी ने हँसकर सुलेखा की ओर देखा और बोली, "सुलेखा, ये दोनों बच्चे, मेरी बिटिया रुपाली के हैं।" दोनों ने हाथ जोड़कर नमस्कार किया और घर के अंदर दौड़ पड़े। वे दोनों ही मुस्कुरा उठी। सुलेखा ने सांत्वना दी का चेहरा गौर से देखा, वह गर्व से दमक रहा था।

'सुंदर माँ', सुलेखा ने अनायास ही दोहराया, सोचा कितना प्यारा और अदभुत नाम है। सचमुच इस समय जो आभा 'दी' के चेहरे पर थी, वह अलौकिक और विलक्षण थी। बेहद खूबसूरत लग रही थी दीदी। गर्व और आत्मसंतुष्टि का मिला-जुला भाव उनके चेहरे को जो तेज प्रदान कर रहा था, वैसा तेज इससे पहले सुलेखा ने कभी नहीं देखा। सांत्वना दी चाय-पानी की व्यवस्था करने के लिए अंदर चली गई और सुलेखा यादों की गलियों में.....।

'सुंदर माँ', इस नाम से कोई भी भ्रमित हो सकता है। जिसको भी इस नाम से पुकारा जाता होगा, यकीनन लोग सोचेंगे कि वह बहुत सुंदर होगी। मगर नहीं...। नाम का इतना भारी विरोधाभास सुलेखा ने अपने जीवन में कहीं नहीं देखा। वह मन ही मन मुस्कुरा उठी।

सुंदर माँ, यानि सांत्वना दी। इनके व्यक्तित्व में ऐसी कोई भी बात नहीं थी जिसे सुंदर कहा जा सके। काली रंगत, छोटी-छोटी बटन जैसी आँखें, बेहद मोटी नाक, मोटे-मोटे लटके से होंठ, आड़े तिरछे दाँत और झुर्रियों से भरा चेहरा। हाथों और पैरों की अँगुलियाँ भी मोटी-मोटी और हर समय पान चबाने की आदत से रंगे लाल होंठ। मात्र माथे पर चमकती उस बड़ी-सी सिंदूरी बिंदी में कुछ अजब-सा आकर्षण जरूर था कि उन्हें अपलक देखते रहने को जी करता था। मगर माथे पर चमकती उसी सिंदूरी बिंदी ने उनके जीवन में ऐसी कालिमा बिखेर 'दी' जिसे दी जैसी धैर्यवान महिला ही अपने आँचल में छुपा सकी।

कहते हैं, ईश्वर किसी चीज से महरूम रखता है तो उसके ऐवज में बहुत कुछ देता भी है। जितना असुंदर व्यक्तित्व दिया, उतनी ही सुंदर, सुरीली और मधुर आवाज से नवाज़ा खुदा ने सांत्वना दी को। ऐसी कोकिल-कंठा, मानो साक्षात माँ शारदा विराजमान हो गई हो उनके कंठ में। मगर ईश्वर के इस वरदान ने भी 'दी' को धोखा ही दिया।

परदे के उस पार बैठी, सोलह वर्षीय सांत्वना ने जब तान छेड़ी, तो मुखर्जी परिवार तो क्या खुद विमल मोशाय भी मुग्ध हो तुरंत ब्याह के लिए राजी हो गए। यह वो समय था जब लड़का-लड़की एक दूसरे को देखे बिना ही बड़ों की रजामंदी से विवाह कर लिया करते थे। अपने समय से बहुत आगे चलने वाले विमल बाबू ने जिद पकड़ ली थी कि वो भी लड़की देखने जायेंगे। इस बात पर घर में खूब बवाल मचा था, पर आखिर विमल बाबू की जिद के आगे बड़े झुक ही गए।

इस फैसले पर बनर्जी परिवार भी चकित था, मगर पढ़े-लिखे लड़के को हाथ से जाने भी कैसे दे, सो मान गए। अंत में यही तय हुआ कि लड़की को परदे के पीछे बैठा कर ही बातचीत करने दी जाए। अगर विमल बाबू ने देखने की जिद की तो, बाद में देखी जायेगी। लेकिन सांत्वना दी की सुरीली आवाज ने सभी को इतना मोह लिया कि देखने-दिखाने की बात ही नहीं उठी। सामान्य-सी जिज्ञासा भर आई थी कि जिसकी आवाज इतनी सुंदर है वह स्वयं कितनी सुंदर होगी। बस यहीं किस्मत धोखा खा गई। वरदान ही अभिशाप बन गया।

लाल पाड़ की सफेद बनारसी साड़ी पहने, लंबा-सा घूंघट ओढ़े सांत्वना विमल बाबू के साथ विदा हो कर अपने ससुराल आ गई। जमाना ही ऐसा था, सभी रस्मों-रिवाज घूंघट में ही संपन्न होते रहे। ख्यालों में खोये, इतराते से विमल बाबू बड़ी बेताबी से उस क्षण को तलाश रहे थे जब वह अपनी कोकिल कंठा दुल्हन की एक झलक पा सके। बहू-भात व अन्य कई रीति रिवाजों के बाद बमुश्किल बारी आई मधुरात्री की, और यहीं से शुरू हुई सांत्वना दी के दुर्भाग्य की कहानी.......।

सुहागरात जहालत भरी रात में तब्दील हो गई। दुल्हन का घूंघट उठाते ही विमल बाबू को झटका लगा। उनकी कल्पना और इस रुप में तो जमीन-आसमान का फर्क था। एकबारगी मन में आया कि शायद सभी भाभियों ने मिलकर उनके साथ कोई मजाक किया है। सांत्वना के स्थान पर किसी और को बैठा दिया शायद। सोच में डूबे विमल बाबू का उतरा चेहरा देखकर भोली सांत्वना दी भी भौचक्क हो उन्हें निहारने लगी। कुछ सकुचाते हुए धीरे से उठी, पति के पाँव

छूने झुकी ही थी कि विमल बाबू झटके से उठ खड़े हुए। घृणा से दुल्हन को देखा और कमरे से बाहर चले गए। जाते-जाते बड़ी जोर से कमरे का दरवाजा बंद कर दिया, बस उसी घड़ी से सांत्वना दी की किस्मत के दरवाजे भी सदा के लिए बंद हो गए। भोली-भाली थी, मगर इतनी भी नहीं कि पति के इस व्यवहार का मतलब न समझ सके। स्त्रीत्व का अपमान झेला 'दी' ने, पर हँस कर जीने का साहस नहीं खोया। उपेक्षा का यह दंश विमल बाबू से ही नहीं बल्कि पूरे मुखर्जी परिवार से मिला उन्हें।

परिवार की सभी सभ्रांत महिलाएं उस समय मुँह में पल्लू ठूंस कर हँसती रही, जब पहली ही रात विमल बाबू उनके मुँह पर दरवाजा मार कर चले गए। सुबह-शाम ताने मारती, फब्तियां कसती, मजाक उड़ाती परिवार की महिलाएं और रात को मुँह चिढाती सूनी सेज। दिनभर जुटाया हुआ धैर्य रात को अपना प्रवाह रोक नहीं पाता। आँसुओं का हिसाब लगाना मुमकिन नहीं था, पर समय पंख लगाकर फिर भी उड़ता रहा।

विमल बाबू भले ही निष्ठुर थे मगर थे तो पुरुष ही, और कितनी ही असुंदर सही, सांत्वना दी भी आखिर थी तो औरत। भूले भटके, कुछ पलों के लिए ही सही, विमल बाबू अपनी कामनाओं के आगे हारने लगे। मगर अहंकार के मारे व्यवहार यूं करते मानो एहसान कर रहे हो। भूख की अति इंसान के स्वाभिमान को चकनाचूर कर देती है। फिर वो भूख चाहे रोटी की हो या प्रेम की। भूख से तड़पते इंसान को रोटी भीख में मिली या कचरे के ढेर से, कोई फर्क नहीं पड़ता। नतीजतन, स्वाभिमान को रौंदने वाले इन संबंधों ने

ही सांत्वना दी को जीने के दो बहाने दिए। पहली संतान के रूप में रुपाली और उसके छह साल बाद कमल।

अब सांत्वना का छोटा सा संसार महकने लगा। विमल बाबू का इस संसार से नाता महज नाम भर का ही था। सांत्वना कई-कई दिनों तक उनकी शक्ल भी नहीं देख पाती थी। सास-ससुर के देहांत और साथ ही सम्मिलित परिवार के विघटन ने विमल बाबू का साहस इस कदर बढा दिया कि वो महीनों-महीनों घर नहीं आते। हाँ, उनकी जगह उनकी खबरें जरूर आती रहती, जैसे विमल बाबू ने दूसरी स्त्री से ब्याह कर लिया, फलां-फलां व्यापार कर लिया, बड़ा मकान बना लिया, जमीनें खरीद ली वगैरह वगैरह।

सांत्वना दी के लिए ये खबरे बेमानी हो गई थी क्योंकि जो बात दुनिया को अब पता चली, वह काफी समय पहले से जानती थी। शराब के नशे में विमल बाबू उसका नाम पुकारा करते थे। वैसे भी ईश्वर ने औरत को एक तीसरी आँख दी है जो बेवफाई को एक ही नजर में ताड़ लेती है। यहाँ तो वफा नाम की कोई चीज थी ही नहीं तो बेवफाई की कोई क्या शिकायत करता.....।

परिवार की तरफ से अलिप्त विमल बाबू ने तो अपना अलग जहां बना लिया, मगर इस दो बच्चों वाली, बिना बाप की अधूरी गृहस्थी को संभालना सांत्वना दी के लिए तलवार की धार पर चलने जैसा था। माँ सरस्वती से मिले वरदान ने ऐसे समय में 'दी' का साथ दिया। गली-मोहल्ले के नन्हें बच्चों, शौकीन भद्र महिलाओं को सांत्वना दी संगीत सिखाने लगी। इससे होने वाली आय से किसी तरह घर चलने लगा। इसी संगीत ने सुलेखा को सांत्वना दी से जोड़ा।

'दी' जब गाती थी तो ऐसा लगता था मानो हवा भी ठहर कर उनका गीत सुन रही हो। समूचे वातावरण में एक अजीब-सी शांति छा जाती, लगता मानो प्रकृति भी अवाक हो मुग्ध भाव से उन्हें सुनना चाह रही हो। बच्चों का पालन-पोषण मुश्किल से, मगर सलीके से चलता रहा। बेटी जवान हो गई। माँ की ही तरह जन्मजात गुणों के साथ पैदा हुई रुपाली ने आवाज माँ की पाई तो रुप-रंग पिता का। पिछले सारे दुख-दर्द भुला बैठी 'दी' अपने बच्चों में सुनहरा भविष्य तलाशने लगी।

एक दिन यह स्वप्न भी उस समय धराशायी हो गया जब ग्रेजुएट हो चुकी रुपाली मांग में सिंदूर भरे उनके सामने आ खड़ी हुई। जिसने उसकी मांग में सिंदूर भरा था, उसे देखकर तो सांत्वना दी के दीदे फटे के फटे रह गए। नुक्कड़ पर सरेआम आती-जाती लड़कियों के साथ बदतमीजी करनेवाला यह सड़क छाप लड़का उनकी रुपाली का पति....?

आश्चर्य और दुख से लगभग विक्षिप्त-सी सांत्वना दी ने रुपाली को समझाने का जी-तोड़ प्रयास किया, मगर रुपाली ने उम्र के जिस दौर में यह बचकाना निर्णय लिया था, उसे स्वयं ईश्वर भी नहीं बदल पाता शायद। 'दी' को रुपाली का अंधकारमय भविष्य सामने ही दिखाई दे रहा था, मगर वो कुछ भी नहीं कर पाई। बीस सालों के बंधन को ठुकरा कर अनिश्चित प्रेम का हाथ थामे रुपाली विदा हो गई।

माँ और बेटे उस रात फूट-फूट कर रोयें। एक बार फिर 'दी' ठगी गई। कमल छोटा था लेकिन माँ का दुख समझ रहा था। दुःख और क्षोभ से भरे कमल ने उस रात माँ के सर पर

हाथ रखकर प्रतिज्ञा ली कि वह उन्हें छोड़कर कहीं भी और कभी भी नहीं जायेगा।

समय था, बीतता गया। रुपाली दो बच्चों की माँ बन गई। उसका पति, जैसा कि तय ही था मव्वाली, जुआरी और शराबी निकला। ग्रेजुएट थी, इसलिए नौकरी कर रुपाली अपना संसार चलाने लगी। जब कभी भी काम के सिलसिले में उसे बाहर आना-जाना पड़ता तो अपने बच्चों को नानी के पास छोड़ जाया करती। सांत्वना दी बड़े जतन से बच्चों को पालने में जुट गई। इन्हीं नन्हें बच्चों ने 'दी' को नया नाम दिया, "सुंदर माँ"......। कानों में मीठा रस-सा घोलता यह विलक्षण नाम सुन सुलेखा मंद-मंद मुस्कुरा ही रही थी कि 'दी' चाय की ट्रे लिये कमरे में आ गई। चाय पीकर सुलेखा फिर मिलने का वादा कर अपने घर लौट आई।

कमल भी अब तक अपनी पढाई पूरी कर नौकरी में लग गया था। एक दिन उसने भी यह हक अपने आप ही ले लिया और सांत्वना की जानकारी के बिना अपनी पसंद की दुल्हन घर ले आया। बहू देखकर 'दी' बेहद खुश हुई क्योंकि लड़की बहुत खूबसूरत और बड़े खानदान से थी। मगर इन्हीं खासियतों ने दी के जीवन में दुखों को बिखेरना शुरू कर दिया। बहू की खूबसूरती ने बेटे कमल को इतना दीवाना बना दिया कि उसे माँ की सुध ही नहीं रही। धनवान माता-पिता की संतान भला कैसे सामान्य घरेलू स्त्रियों की तरह घर के कामकाज कर अपने हाथ मैले करती। उसने सास को एक नई पदवी बख्शी, 'नौकरानी'.....।

बेटा अब पूरी तनख्वाह बहू के हाथ में धरने लगा। अब माँ अपनी छोटी-छोटी जरूरतों के लिए बेटे का मुँह जोहती

रहती। मजबूरन फिर से संगीत कक्षाएं शुरू करनी पड़ी। माँ के इस कदम से बेटे को साहस मिला और एक दिन अपनी प्रतिज्ञा भूलकर बेटा ससुराल जा बसा। अब सांत्वना दी रह गई नितांत अकेली।

इस बीच विमल बाबू की उड़ती-उड़ती खबरें सांत्वना दी के कानों में पड़ती रही। विमल बाबू को अपनी दूसरी पत्नी से सौन्दर्य से भरा आत्मिक सुख जरूर मिला परंतु संतान नहीं मिल पाई। विमल बाबू का चलता व्यापार था और उन्होंने अच्छी-खासी संपत्ति कमा रखी थी। इसी मोह में 'दी' के दोनों बच्चे पिता से संपर्क साधने लगे। ढलती उम्र में विमल बाबू को भी बच्चों का साथ भाने लगा। जिन बच्चों की उन्होंने आजतक कोई सुध नहीं ली, आज एकाएक उन्हें प्रिय लगने लगे। व्यापारी विमल बाबू को मूल के साथ ब्याज का सुख भी मिला, रुपाली और कमल के चार बच्चे.... नाती पोतों के साथ आनंद ही आनंद मनने लगा।

सच है, धन चुम्बक की तरह होता है। वह अपने-पराए, दोस्त-दुश्मन सभी को अपनी ओर खींच ही लेता है। प्यार और नफरत कब अपनी जगह और स्वरूप बदल लेते हैं पता ही नहीं चलता है। एक तरफ पूरा परिवार और दूसरी तरफ झुकी कमर, झुर्रियों से भरा चेहरा और निस्तेज आँखें लिए सांत्वना दी, घर-घर जाकर, ढूंढ-ढूंढ कर, याचना कर बच्चों को संगीत सिखाती जिसके ऐवज में सौ-दो सौ रुपये मिल जाते। उनकी तरह ही उनका जीवन भी लड़खड़ा कर चलने लगा।

विमल बाबू ने यदि अपने जीवन में कोई नेक काम किया था तो वह यह था कि उन्होंने सांत्वना दी को उस घर से नहीं

निकाला जिसमे वो दुल्हन बन कर आई थी। कमल उनसे दो कदम आगे निकला, उसने तो बेशर्मी की हद ही पार कर दी। कानून का सहारा ले कर उस घर को भी बेच डाला जो 'दी' का एकमात्र सहारा था। घर बेच कर दोनों भाई बहन ने आपस में पैसे बाँट लिए।

सुलेखा वर्ष दो वर्ष बाद जब भी अपने पीहर आती, सांत्वना दी की हालत बद से बदतर पाती। एक बार 'दी' ने सुलेखा से अपने साथ अस्पताल चलने को कहा। पूछने पर पता चला कि विमल बाबू मरणासन्न अवस्था में है। इतना कुछ घटित हुआ 'दी' के साथ फिर भी उन्होंने मांग में लाल सिंदूर और माथे पर अठन्नी के आकार की सिंदूरी बिंदी लगाना कभी नहीं छोड़ा। यह कहना अतिश्योक्ति नहीं होगा कि इसी सिंदूर ने जीवन के कई मोर्चों पर उन्हें वो सुरक्षा प्रदान की जो स्वयं विमल बाबू भी नहीं दे पाए।

आज इसी सिंदूर के मिटने के भय से 'दी' बड़ी व्याकुल दिखाई दी। सुलेखा विमल बाबू से बहुत नफरत करती थी, इसलिए जी में आया कि मना कर दे और 'दी' को भी न जाने दे। उसे आश्चर्य हो रहा था कि ऐसे व्यक्ति के लिए उनके मन में दया का यह भाव उपजा ही कैसे...? जिसने उनके अस्तित्व को ही खारिज़ कर दिया, उसके जीने मरने से आखिर 'दी' का क्या सरोकार....?

मगर उनकी बैचेनी सुलेखा से देखी न गई और वह उनके साथ चल पड़ी। सांत्वना दी बड़ी गरिमा के साथ अस्पताल में विमल बाबू से मिली। सुलेखा को 'दी' की आँखों में शिकवा-शिकायत के बजाए दर्द के साये नजर आए। बहुत तकलीफ में थे विमल बाबू। उनके माथे पर 'दी' ने धीरे से हाथ रखा

और बड़ी ममता से बालों को सहलाया। विमल बाबू की पलकें भींगने लगी। वो कुछ कहना चाह रहे थे लेकिन रुलाई दबाने की कोशिश में उन्हें हिचकियाँ आने लगी। सुलेखा कमरे से बाहर निकलने लगी तो 'दी' ने हाथ पकड़ कर उसे रोक लिया। अपने साथ लाये कुछ फल मरीज के सिरहाने रख वह भी लौट आई।

तीसरे ही दिन खबर आई कि विमल बाबू नहीं रहे। अपने एक छोटे से, अंधेरे में डूबे हुए कमरे में 'दी' ने बारह दिन के सभी अनुष्ठान बड़ी धार्मिकता के साथ निभाए। अब वे विमल बाबू की 'विधवा' थी।

अगले साल जब सुलेखा दी से मिलने गई तो उनका घर ही नहीं ढूंढ पाई। किसी तरह उनका नया पता मिला, वहाँ पहुंच कर देखा कि वे एक कोयले के गोदाम में रह रही थी। चारों तरफ कोयले से भरी बोरियां ही बोरियां, कालिख ही कालिख..... टीन की छत काली, जमीन काली और 'दी' की किस्मत भी। गोदाम तक जाने का रास्ता भी इतना सँकरा और कठिन कि कोई दुबारा जाने का साहस न कर सके। सांत्वना दी बीमार थी, खाँस-खाँस कर उनका बुरा हाल था। सुलेखा उन्हें अस्पताल ले गई और कुछ ही दिनों में वे स्वस्थ भी हो गई। उचित देखभाल के अभाव में ही उनकी ऐसी दशा हो गई थी।

विमल बाबू ढेर सारी संपत्ति छोड़ गए थे। जिसका उपभोग करने में बेटा-बेटी, नाती-पोते सभी जुटे हुए थे। जाने किसके पापों की सजा भोग रही थी सांत्वना दी। जिन नन्हे बच्चों ने सांत्वना दी को प्यारा सा नाम दिया था "सुंदर माँ", वो पता नहीं कहाँ गुम हो गए। कुछ महीनों बाद सुलेखा

को खबर मिली कि सांत्वना दी नहीं रही। जाने क्यों सुलेखा को दुःख की जगह राहत-सी महसूस हुई, सुकून- सा मिला। सुलेखा ने एक लंबा-सा उच्छवास लिया और मन ही मन कहा, "चलो, सुंदर माँ को इस असुंदर दुनिया से आखिर मुक्ति मिल ही गई।"

सुलेखा ने भींगी पलकों को पोंछा और सोचने लगी कि ये दुनिया समझ ही नहीं पाई कि असुंदर सांत्वना दी नहीं बल्कि वो सब लोग थे जिन्होंने अपने स्वार्थ, लोभ, मोह, माया, अहंकार और झूठे दिखावे की खातिर उनके जीवन को असुंदर बना दिया। सुलेखा के मन में एक विश्वास उपजा और एक सुंदर कल्पना साकार रूप लेती-सी मालूम हुई। उसने देखा, फरिश्ते 'दी' को परियों के पंखों वाली डोली में बैठाकर एक सुंदर-सी दुनिया में ले गए। जहाँ देवताओं ने उन पर फूल ही फूल बरसाएं।

सांत्वना दी ने खुश होकर जब अपनी सुरीली आवाज में परमात्मा की प्रशंसा में गीत गाया तो बरसते बादल थम गए, उड़ते पखेरू रुक गए, फूल खिलना भूल गए, प्रकृति साँस रोके उनका गीत सुनने लगी और चारों तरफ फैल गया मौन, शांति, आनंद ही आनंद और प्रेम ही प्रेम.....। स्वर्ग के द्वार पर खड़ी सांत्वना दी का सभी देवताओं ने पुकार-पुकार कर स्वागत किया - "सुंदर माँ, सुंदर माँ, सुंदर माँ.......।"

फतीद द फैंदो

"ऐ फतीद द फैंदो, फतीद द फैंदो जबजबाब जब हूं जबजबजब, ऐ.......फतीद फैंदो.....।" ना जाने कौन सी विदेशी भाषा में वो गाता था। वो जब भी आता बच्चों के झुंड के झुंड उसे घेर लेते। उसके बाद उन विचित्र बोलों वाले गीतों का फरमाइशी प्रोग्राम देर तक चलता रहता। बच्चों के साथ अक्सर बड़े भी उसका गाना सुनने के लिए जमा हो जाते। कुछ जरा जल्दी उकताकर निकल लेते तो कुछ मसखरे किस्म के लोग अपनी ऊटपटाँग फरमाइशें करके उसका आनंद उठाते। कभी-कभी वो रोज ही आ जाता, तो कभी महीनों तक गायब रहता।

फटा-पुराना कोट, जगह-जगह पैबंद लगी और ढीली-ढाली पतलून, कंधे पर लटका कपड़े का शबनमी थैला, जिसमें न जाने क्या भरे रखता। माथे पर रॉबिन हुड हैट पहने, आँखों पर काला चश्मा जिसका एक काँच जो बीचोंबीच तड़का हुआ बस 'अब गिरा तब गिरा' की हालत में और चेहरे पर चस्पा एक बड़ी सी जिंदादिल मुस्कान। कुल मिलाकर मुझे वो बड़ा ही रहस्यमयी जीव लगता। उसके बारे में और बहुत कुछ जानने की उत्सुकता रहती कि कहाँ रहता है, क्या करता है और क्या खाता पीता है....?

विकास अपने पोते-पोतियों को अक्सर किस्से-कहानियां सुनाया करता था। आज जब दोपहर को बच्चों ने कुछ

सुनाने की जिद की तो विकास ने कहा, "आज मैं तुम्हें कोई काल्पनिक किस्सा या कहानी नहीं बल्कि अपने बचपन का एक सच्चा किस्सा सुनाऊंगा।" वही किस्सा विकास अपने नाती-पोतों को सुना रहा था। विकास ने हँसकर बच्चों को बताया कि न जाने कैसे सभी उसको "फैंदो" के नाम से पुकारने लगे।

उस छोटे से पहाड़ी शहर का यह मुख्य चौराहा था। जहाँ किसी एक किनारे पर खड़ा होकर फैंदो अपनी अजीबोगरीब आवाज और तिलस्मी भाषा में गाने गाता था। साथ ही में गले में टँगी बच्चों के खिलौने वाली गिटार भी बजाता था। यह चौराहा ऐसा था जहाँ सुबह से शाम तक भीड़भाड़ लगी रहती। शहर का मुख्य बाजार, सारे सिनेमा हॉल, मंदिर, मस्जिद, गुरुद्वारे, होटलें, बस अड्डा, टैक्सी स्टैंड और थोड़ी ही दूरी पर कुछ स्कूल कॉलेज भी होने के कारण यहाँ हर वक्त मेला जैसा लगा रहता।

विकास का घर इसी चौराहे की मुख्य सड़क पर ही था। इसलिए इस बाजार में चलने वाली हर गतिविधियों से वह और उसके आसपास रहने वाले साथी अच्छी तरह से वाकिफ रहते थे। शाम को टोलियाँ बनाकर बाजार में घूमते हुए ये बच्चे, जहाँ कहीं भी फैंदो को देखते, जाकर उसके गाने सुनने लगते।

शैतान बच्चे उसे पागल-पागल कहकर छेड़ा भी करते। यही बच्चे कभी उसकी पतलून खींचते, कभी थैला और चश्मा खींचने का प्रयास भी करते। इस सब के दौरान फैंदो कभी भी नाराज नहीं होता बल्कि हँस कर खुद ही तरह-तरह की शक्लें बनाकर बच्चों को हँसाने का प्रयास करता।

कुछ बड़े, नौवीं-दसवीं कक्षा के बच्चे जब फैंदो से ऊलजलूल बकवास और अभद्रतापूर्ण व्यवहार करते तब मजाकिया अंदाज में ही फैंदो धाराप्रवाह अंग्रेजी में उनसे सामान्य ज्ञान, गणित, इतिहास और भूगोल के ऐसे-ऐसे कठिन प्रश्न पूछता कि सबकी बोलती बंद हो जाती। ह-ह-ह-ह कर खिसियानी हँसी हँसते, अपनी झेंप मिटाते ये अभद्र बच्चे पतली गली से निकल जाते। भीड़भाड़ वाले इस बाजार में घूमते असंख्य लोगों में से किसी की नजर उसपर पड़ती तो किसी की नहीं। कुछ लोग उसमें दिलचस्पी दिखाते, कुछ नहीं। उसके आसपास जमा भीड़ देखकर उत्सुकतावश बहुत सारे लोग झांकते जरूर, लेकिन रुक कर उसे सुनने वाले सिर्फ बच्चे, बूढ़े, आवारा किस्म के लड़के और कुछ मनचले युवक ही होते थे।

कभी-कभी फैंदो किसी भीड़ लगी दूकान पर, किसी सिनेमा हॉल के सामने, मंदिर के या किसी घर के दरवाजे पर भी खड़ा हो जाता। वहां कुछ जवान-बूढी स्त्रियाँ भी आश्चर्य से उसे सुन लेती और बाद में मुँह दबाकर हँसती। फैंदो भी खी-खी कर हँसता। कुछ दयालु महिलाएं उसे बड़ा-सा नोट थमा देती। कभी-कभी इस पहाड़ी शहर में घूमने आए सैलानी भी कुछ नोट उसकी रॉबिन हुड हैट में डाल देते, अन्यथा तो उसे छुट्टे पैसों से ही काम चलाना पड़ता। उसे रोज सुनने वाले बदमाशों से तो ये उम्मीद करना बेकार ही था। विकास जरूर अपनी दादी से कुछ चिल्लर पैसे मांग कर ले जाता।

दादी नाराज होकर कहती भी, "रोजाना इन पैसों का तू क्या करता है? बीड़ी-सिगरेट तो नहीं पीने लग गया? वो तेरे यार-दोस्तों के लक्षण ठीक नहीं हैं। जरा ढंग के बच्चों में

उठा-बैठा कर। बोल, बोलता क्यों नहीं, मुँह में दही जमा रखा है क्या? रुक, आने दे आज तेरे बाप को बताती हूँ।"

अपने दादा के बारे में ऐसी बातें सुन कर सभी बच्चे हँसने लगे। विकास भी बच्चों के साथ हँसा और आगे का किस्सा सुनाने लगा। "फैंदो मेरे लिए एक अनसुलझी पहेली जैसा था। मैं अक्सर उसे देर तक देखा करता। एक दिन मुझे फैंदो हमारे घर की गली में जाता दिखा, जो दो बड़े-बड़े मकानों के बीच बनी, बहुत ही संकरी-सी गली थी। शाम होने के बाद, उस गली में लाईट की कोई व्यवस्था नहीं होने के कारण घोर अंधेरा रहता था। बच्चे तो उस गली में जाने के नाम से ही काँपने लगते।

सांझ ढलने के बाद जब कभी खेलते-खेलते हमारी गेंद गली में चली जाती तो समझो खेल समाप्त। जिन्हें हर वक्त खेलने से कोई माई का लाल भी नहीं रोक सकता, उनका खेल गली में घुसने के भय से तुरंत ही दी एंड हो जाता। सिर खुजलाते, झुंझलाते और एक दूसरे पर आरोप-प्रत्यारोप करते बच्चे अपने-अपने घर का रुख कर लेते। पागलों की तरह खेलते जिन बच्चों को घर पर पड़ने वाली मार, स्कूल के होमवर्क की चिंता और वहाँ से गुजरने वाले दादा-काका की डाँट डपट भी नहीं रोक पाती, उन्हें इस अंधेरी गली का डर रोक लेता। मैं कई देर तक खड़ा फैंदो की राह देखता रहा। शायद अंधेरे का लाभ उठाकर वह लघुशंका करने गया हो जैसा की बहुत सारे आते-जाते राहगीर करते हैं, मगर काफी देर होने के बाद भी वह वापस नहीं आया।

अब मेरे लिए यह जानना अति आवश्यक हो गया कि आखिर फैंदो गली में कर क्या रहा है। मैं आवाज लगाती माँ

को सुनने के बाद भी न घर के अंदर जा पा रहा था और ना ही डर के मारे उस भूतहा अंधेरी गली में घुस पा रहा था। तभी मैंने डॉक्टर चाचा को धीरे-धीरे चल कर आते देखा। मुझे इस वक्त बाहर खड़ा देखकर वो कुछ न कुछ कहेंगे जरूर, यह सोचकर मैं दरवाजे की आड़ में छुप गया। मैंने देखा डॉक्टर चाचा भी गली में घुस गए। मुझे घोर आश्चर्य हुआ कि आखिर ये क्या करने गये, लघुशंका? मेरी शंका और गहरी हो गई जब कुछ देर तक वो बाहर नहीं आए।

साहस बटोर कर मैं गली में घुसा। जान निकल रही थी, पैरों को जैसे लकवा मार गया, हृदय की गति बैंड-बाजे की तरह बज रही थी। भरी ठंड में माथे पर पसीना चुहचुहाने लगा। गली साली, जितनी पतली थी, उससे भी ज्यादा लम्बी थी। उस लम्बी-सी गली को आधा पार करते-करते मेरे लम्बे होने की नौबत आने ही वाली थी कि कुछ कदम आगे ही डॉक्टर चाचा दिखाई दिए। बगल वाले मकान के किसी कमरे से आती, बल्ब की टिमटिमाती रोशनी में कुछ धुंधला-धुंधला सा ही सही मगर दिखाई पड़ने लगा। आँखें फाड़कर देखा तो फैंदो भी वही खड़ा था।

ये लोग आखिर कर क्या रहे हैं? मैं हिम्मत बटोर कर थोड़ा और नजदीक गया तो देखा, फैंदो फफक-फफककर रो रहा है। डॉक्टर चाचा उसे किसी तरह संभालने की कोशिश कर रहे है। उन्होंने फैंदो को कागज के बड़े पैकेट में कुछ दिया। क्या दिया होगा आखिर?? मैं अपने आप को जेम्स बॉड समझ रहा था। मेरी कनपटियों पर रक्त तेजी से दौड़ने लगा। डॉक्टर चाचा अब पैकेट खोलकर फैंदो को कुछ समझा रहे थे। मैंने देखा, वो दवाइयों के पत्ते थे और चाचा उन दवाइयों को कैसे लेना है ये फैंदो को समझा रहे थे।

मेरे अंदर का फड़फड़ाता जेम्स बांड जरा ठंडा पड़ने लगा। चाचा ने एक छोटी सी थैली में भर कर कुछ और भी दिया। फैंदो ने रोते-रोते थैली में हाथ डालकर बाहर निकाला तो फल नजर आया। अब जासूस महोदय उडनछू हो गए। चाचा ने अब कुछ नोट फैंदो को पकड़ाए, ये मैं यकीन के साथ तो नहीं कह सकता लेकिन चाचा के दयालु स्वभाव को देखते हुए अंदाज लगा रहा हूँ। वह डॉक्टर चाचा के पैर छू रहा था, वो उसे रोक रहे थे। फैंदो की पीठ पर हाथ फेरकर उन्होंने उसे कुछ समझाया और फिर एकाएक पलट गए। मैं घबरा गया और बिना कुछ सोचे-समझे भाग लिया।

पीछे चाचा जोर से आवाज लगा रहे थे, 'ऐ....कौन है.... कौन है वहाँ?'

गली के छोर पर उन्होंने मेरा गला पकड़ ही लिया। पकड़े जाने पर चोर सीना जोर हो जाते हैं। चाचा के पूछने पर कि तुम यहाँ क्या कर रहे थे? मैंने भी साहस बटोरकर सवाल उछाला, आप यहाँ क्या कर थे? भारी गलती कर गया, कानों को इतनी जोर से मरोड़ा गया कि कान गदहे के कान जैसे लंबे हो गए।" इस बात पर विकास के नाती-पोते हँस-हँसकर लोटपोट हो गये।

विकास ने बोलना जारी रखा। "डॉक्टर चाचा ने अच्छी तरह से मेरी क्लास ली और फिर मुझे खबरदार किया कि जो तुमने आज यहाँ देखा है, यदि किसी को बताया तो तुम्हारी खैर नहीं। विकास ने उनकी बात मान लेने का आश्वासन दिया मगर एक शर्त पर कि वे उसे बतायेंगे कि यह सब क्या था। एक बार और कानों की शामत आई। कुछ और लम्बे खींच दिए गए कान।

क्या विडंबना है, गुस्ताखी मुँह कर रहा है और खिंचाई बेचारे कानों की हो रही हैं।

'बताऊंगा किसी दिन', कहकर चाचा अपने क्लीनिक चले गए। अब जब कभी भी हम चाचा-भतीजे का आमना-सामना होता है, आँखो ही आँखों में सवाल-जवाब होने लगते। मैं चाचा के पीछे पिशाच की तरह लग गया।

एक दिन उकताकर चाचा मुझे अपने क्लीनिक ले गए और बताया- 'फैंदो एक सुसंस्कृत बंगाली परिवार का एकलौता बेटा था। उच्च शिक्षित फैंदो, सेक्रेटेरिएट में एक उच्च अधिकारी के रुप में कार्य करता था। सुंदर पत्नी और एक प्यारे से बेटे के साथ एक भरेपूरे और खुशहाल परिवार में आनंद से रहता था। अपनी तरह उसने बेटे को भी खूब पढाया-लिखाया। वह भी सरकारी नौकरी में अच्छे पद पर काम करने लगा। बेटे की शादी हुई। बहू भी सुंदर और पढी-लिखी मिली। बेटे की शादी के कुछ समय बाद ही पत्नी अचानक चल बसी।

फैंदो जिसका असली नाम विपिन चौधरी है जब रिटायर हो गए तो अपने बहू बेटे के साथ ही रहने लगे। समय के साथ बेटे-बहू का व्यवहार बदलने लगा। बेटे ने सारी चल-अचल संपत्ति अपने नाम करवा ली और अब पिता को मारने-पीटने लगा। बहू ने खाना-पीना देना बंद कर दिया। ऐसे हालात बना दिए कि उनका घर में रहना मुश्किल हो गया। घर से बाहर निकल तो आए पर अब तो रोटी के भी लाले पड़ गए।

मरता क्या न करता। ऐसी दीन-हीन अवस्था में कभी साहब रहे विपिन चौधरी बेचारे ऐसा हुलिया बना कर घूमते

है ताकि कोई उन्हें पहचान न सके। स्वास्थ्य खराब होने के कारण कोई काम नहीं कर सकते, खुद्दारी भीख भी माँगने नहीं देती......।

इसलिए फैंदो बन कर लोगों का मनोरंजन करते हैं और किसी तरह अपनी जीवन की नैय्या चला रहे हैं।'

विकास ने पूछा, "आप सब जानते हैं तो फिर इस तरह छुपछुप कर क्यों मदद करते हैं? आप तो भलाई का काम कर रहे हैं तो फिर छुप कर क्यों?"

डॉक्टर चाचा उदासी के साथ मुस्कुराए और कहने लगे, 'एक इज्जतदार पढा-लिखा व्यक्ति जिसने अपना पूरा जीवन सम्मान के साथ जिया, वो उसी सम्मान के साथ मरना भी चाहता था। मगर मनुष्य की सभी कामनाएं पूरी हों, यह आवश्यक नहीं। किसकी तकदीर में क्या लिखा हुआ है कोई नहीं जानता। फैंदो नहीं चाहता है कि सबकुछ जान लेने के बाद उसके उच्च पदस्थ अधिकारी बेटे की रुसवाई हो। अपने बेटे-बहू को बदनामी से बचाने के लिए वह गली, सड़कों और चौराहों पर फैंदो बना फिरता है।'

वैसे भी दिनभर बच्चों से घिरे रहना उसे अच्छा लगता है। इन बच्चों में उसे अपने बेटे के बचपन की छवि दिखाई देती है। डॉक्टर चाचा थोड़ी देर चुप हो गए, फिर गला खंखार कर बोले, 'पता है विकास, एक दिन फैंदो का पोता ही उनकी रॉबिन हुड हैट में कुछ सिक्के डाल गया। पोते के साथ उसका अपना बेटा भी था।' चाचा एकदम खामोश हो गए। उनके चुप होते ही विकास उनके गले से लिपट गया। उसकी आँखों में पानी ही पानी था।

जैसे ही विकास ने बोलना बंद किया, सभी बच्चे कई देर तक चुपचाप बैठे रहे। अचानक छोटी पोती उठी और अपने दादाजी से लिपटकर रोने लगी। विकास भी न जाने क्यूँ खुद को संभाल नहीं पाया और रो पड़ा।

रोते-रोते गाने लगा....“ऐ फतीद द फैंदो फतीद फैंदो, जबजबाब जब हूँ जबजबजब....।”

बच्चों ने भी दोहराया। अब सब कोरस में हँसते-हँसते गाने लगे। विकास सोचने लगा, फैंदो खुद रोते हैं मगर किसी को रोने नहीं देते।

मौतों वाले घर

उसे कुछ भी सूझ नहीं रहा था। पता नहीं क्यों, आँखों में उमड़े सैलाब या सैलाब की तरह उमड़ पड़ी उस भीड़ के कारण। उसकी आँसुओं से भरी आँखें किसी को तलाश रही थी....। पापा न जाने कहाँ हैं और कैसी पीड़ा से गुजर रहे हैं? पापा को तलाशती निगाहें अनायास भैया पर पड़ी। घुटा हुआ सर, बदन पर मात्र दो धुले सफेद कपड़े। बीच-बीच में सुबकियां लेता भैया लोगों के दिए निर्देशानुसार धार्मिक विधियाँ पूरी कर रहा था।

मगर पापा कहाँ हैं? दिन भर यात्रा कर अभी-अभी पहुंची बेटी, बेचेनी से पापा को तलाश रही थी। एकाएक कोहराम-सा मचा, सारी भीड़ आंगन की ओर लपकी। एक क्षण के लिए हृदय की गति ही थम गई, कहीं पापा......? उसने लाचारी से इधर-उधर नजरें घुमाकर देखा तो ये क्या?

पापा कोने में एक सोफे पर दुबके हुए से बैठे दिखे। पथराई-सी आँखों से शून्य में ताक रहे थे। उनका सफेद-जर्द और भावशून्य चेहरा देख कर बेटी का हृदय तड़प उठा। वह दौड़कर पापा के गले से लिपटना चाह रही थी कि फिर से आँगन में हंगामा मचा। ना चाहते हुए भी उसके पाँव पापा की ओर जाने के बजाए आँगन की तरफ उठ गए। वहाँ लगी भीड़ में महिलाएं चीख-चिल्ला रही थी। कोई कह रही थी प्याज सुंघाओ तो कोई चम्मच को दाँतों के बीच रखने की राय दे

रही थी। बड़ी मशक्कत के बाद उसे भीड़ के बीच आँगन में, फर्श पर विचित्र-सी हालत में पड़ी भाभी दिखाई दी। औरतों से पता चला कि वे बार-बार बेहोश हो रही हैं। कभी झटके आ रहे हैं और दाँत लग जा रहे हैं।

आसपास खड़ी महिलाएं अफसोस के साथ-साथ भाभी की तारीफों के पुल भी बाँध रही थी। भाभी का अपनी सास के प्रति इतना अधिक प्रेम देखकर सभी गदगद थी। आज के जमाने में कोई लड़की भी अपने माँ-बाप के लिए इतना व्यथित नहीं होती जितना ये अपनी सास के लिए हो रही है। भाभी का अपनी सास के प्रति इतना गहरा प्रेम देखकर सभी महिलाएं खुले कंठ से उनकी सराहना कर रही थी और माँ के भाग्य की भी। उनको होश में लाने का भरसक प्रयास जारी था। तभी किसी ने वहीं कहीं से एक बदबूदार जूता उठाया और भाभी की नाक पर धर दिया। अगले ही क्षण बौखलाकर भाभी उठ बैठी। तब जाकर सभी ने राहत की सांस ली और माँ के अंतिम संस्कार के लिए आगे बढे।

माँ के अंतिम दर्शन के लिए जब कोई उसका हाथ पकड़कर माँ की अर्थी तक ले जा रहा था तो उसने महसूस किया कि वो हाथ बुरी तरह से काँप रहा था। उसने गौर से देखा तो पापा थे, आँसुओं भरी आँखों से उसे ही देख रहे थे। यूं लगा जैसे आँखों से ही कह रहे हैं कि देख ले बिटिया, आखिरी बार अपनी माँ को.........।

वो बिलख-बिलख कर रोने लगी मगर समझ नहीं पाई कि वह पापा के लिए रो रही है या माँ के लिए, पापा से लिपट जाए या माँ से....। तभी एक हृदय विदारक चीत्कार के साथ एक जोरदार आवाज ने सभी का ध्यान अपनी तरफ

खींच लिया। भाभी जो अभी तक चीख-चीख कर रो रही थी, खड़े-खड़े ही धड़ाम से गिर गई। एक कोहराम-सा मचा, सारी भीड़ माँ के शव को छोड़ पुनः भाभी की ओर मुड़ गई। इस तरफ, अकेले शव के पास बेटी, पिता और भाई अपनी रुलाई दबाने की कोशिश कर रहे थे और न जाने क्यूँ एक दूसरे से नजरें भी चुरा रहे थे।

इसी कोहराम के साथ माँ सदा के लिए विदा हो गई। उसे याद नहीं आता कि किसने उसे आगे धकेला, किसने पीछे खींच लिया। कौन लिपट कर रो रहा था, कौन पुचकार रहा था। कौन आया था और कौन नहीं.....बस एक सदमे ने घेर रखा था।

माँ के जाते ही सभी धीरे-धीरे निकल गए। घर की महिलाएं रीति-रिवाज और भाभी में उलझी पड़ी थी। पुरुष मंडली अंतिम यात्रा में चली गई। बच्चे-बूढ़े इधर-उधर जहाँ जगह मिली लेट गए। उसे भी लेटना था। लंबी यात्रा और माँ के विछोह ने उसे बुरी तरह थका दिया था। उसे लेटने के लिए कहीं जगह ही नहीं मिल रही थी। माँ के कमरे में गई तो देखा ताला लगा हुआ था। पता नहीं क्यूँ? भाभी का कमरा खुला हुआ था, जहाँ कुछ बच्चे सो रहे थे। वो भी एक कोना ढूंढ कर लेट गई। वह सोना चाहती थी मगर नींद आँखों से कोसों दूर.....।

दो-एक घंटे के बाद किसी आहट से उसने आँखें खोली तो देखा भाभी हड़बड़ाकर कमरे में घुसी। शायद स्नान वगैरह कर के आई थी। भाभी ने चारों तरफ नजरें घुमाई, सबको सोता देखा तो आश्वस्त हो कर अपनी मुट्ठी में बंद किसी चीज को मुट्ठी खोलकर देखा, मुस्कुराई और उसे अलमारी के ऊपर उछाल दिया। 'खन्न' की आवाज के साथ वो चीज जमीन पर ही वापस आ गिरी। भाभी ने झुककर उसे उठाया और फिर

से अलमारी पर उछाल दिया। अबकी बार दिखाई दे गया कि वो चीज कुछ और नहीं बल्कि माँ के कमरे की चाबी है। अब धीरे से लाईट जलाकर भाभी ड्रेसिंग टेबल के सामने बैठ गई। उसे बड़ा कौतूहल हुआ। भाभी ठीक नहीं लग रही थी। उनकी भाव-भंगिमा नार्मल नहीं लग रही थी।

अरे!!! ये क्या? भाभी ने पहले क्रीम पोती फिर पाउडर लगाया और अब......? उन्होंने हल्का-सा काजल उँगली की पोर पर लेकर आँखों के इर्द-गिर्द घुमाना शुरू किया। बड़ी तन्मयता के साथ उन्होंने आँखों के चारों तरफ काले घेरे बनाए। अब लिपस्टिक खोल-खोल कर देखने लगी। कभी ये कभी वो, कभी लगाई कभी मिटाई.....आईने में खुद को निहार ही रही थी कि सीढियों पर किसी के चढने की आवाज आई।

घर की पुरानी नौकरानी ने आकर बताया कि बीबीजी, छोटे भैया और छोटी बहू अभी-अभी पहुंचे हैं। आपको नीचे बुलाया है। भाभी उसके साथ चली गई।

कुछ पल बाद ही, उसी दिल दहलाने वाली चीत्कार के साथ धड़ाम की आवाज और वही सुबह वाला कोहराम। उसने कसकर आँखें भींच ली और हथेलियों से कान ढंक लिए। बारह दिनों तक यही कार्यक्रम लगातार चलता रहा। लोगों के सामने बेहोशी, झटके, दाँत लगना, डॉक्टर, दवादारू, टोने-टोटके और माँ के कमरे में ताला-चाभी, गहने-जेवर, अलमारी-बक्से, हक-अधिकार वगैरह-वगैरह.........।

अब हम माँ की मौत का नहीं बल्कि किसी और ही बात का मातम मना रहे थे। भाभी की दहाड़ों और चीत्कारों के बीच हमारी सुबकियां गुम हो गईं।

पन्नालाल

वल्लभ, दीपक और अजय तीनों लंगोटिया यार रिटायर होने के बाद से ही हर साल-छह महीने में, इकट्ठे कहीं घूमने निकल जाते थे। कभी पहाड़ों पर, कभी समंदर किनारे, और कभी विदेश यात्राओं पर। कभी जिप्सी में, तो कभी साइकिल पर, आसपास के इलाकों में यूं ही आठ-दस दिन घूम आते। इस बार इनका साहस देखने लायक था। तीनों ने पैदल यात्रा की ठान ली।

वल्लभ का गाँव गोवा के पास एक बहुत ही रमणीय क्षेत्र में पड़ता था। तीनों पहले गाड़ी से वहां पहुंचे और फिर वहाँ से आसपास के गांवों की यात्रा पैदल ही तय करने की ठानी। कभी खेत-खलिहानों से गुजरते, कभी कच्ची-पक्की सड़कों से, कभी नदी नालों से तो कभी पहाड़ी इलाकों से। आनंद और मस्ती के साथ बोलते-बतियाते, हँसते-हँसाते और कभी लड़ते-झगड़ते दिन भर चलते और रात को किसी स्थानीय परिवार के साथ रुक कर भोजन और नींद का आनंद उठाते। कभी-कभी यात्राएं कठिन और लंबी मालूम होती थी तो तीनों ने तय किया कि पैदल यात्रा करते समय तीनों ही बारी-बारी से कोई रोमांचक किस्सा, मजेदार वाकया या मनोरंजक कहानी सुनाए ताकि दूरी और थकावट महसूस न हो।

आज सुबह-सबेरे जब तीनों गाँव से निकले तो मौसम गरम मालूम हुआ। कच्ची सड़कों से होकर गुजरना भारी प्रतीत हो रहा था। अजय और वल्लभ ने दीपक की ओर देख कर इशारा किया कि आज कुछ सुनाने की बारी उसकी है। दीपक कुछ देर सोचता रहा और फिर गला खंखार कर कहने लगा, "आज मैं तुम्हें मेरे साथ घटा एक सच्चा वाकया सुनाता हूँ। तुम लोगों ने पन्नालाल का नाम सुना है?" दोनों ने ना में गर्दन हिलाई।

"मैंने भी नहीं सुना था" कहकर दीपक जोर से हँसा और कहने लगा, 'पन्नालाल-यथा नाम तथा गुण...।' बेशक पन्नालाल छोटे शहरों, कस्बों में लगने वाले मेले-ठेले के किसी एक तंबू में बंधे एक निरीह-से गधे का नाम है, पर इस नाम की महिमा अपार है। इस महिमा का वर्णन मैंने एक बार कुछ ऐसे गधों से, माफ करना! कुछ ऐसे स्वयं घोषित महान लोगों से भी सुना जो अपने आप को समाज का ठेकेदार समझते हैं और जिनके सर्टिफिकेट के बिना न तो कोई व्यक्ति अमीर कहला सकता है और न सफल। न कोई महिला सुंदर कहला सकती है, न ही स्मार्ट अथवा बुद्धिमान। कहने का मतलब यही है कि समाज के लोगों को हर प्रकार के तमगे यही स्वयं घोषित ज्ञानी वितरित करते हैं।

खैर! इन ठेकेदारों ने पन्नालाल को उच्चकोटि का प्रमाणपत्र दिया। तारीफों का सिलसिला तो ऐसा चलता कि उस दौर में मुझे उनकी शक्ल से भी भय लगने लगा। जब-तब पन्नालाल और उसका पुराण। मुझे अक्षरशः पन्नालाल की सारी गाथा कंठस्थ हो गई। समझ नहीं आता था कि जो

लोग इंसानों के मुआमले में इतने कंजूस हैं वो पन्नालाल जैसे निरीह प्राणी के लिए इतने उदार कैसे हो गए?

हालत कुछ ऐसी हो गई थी कि उनकी सवारी सामने से आती देख कर ही मैं अपना रास्ता बदल लेता। अपने आप को कोसने के अलावा मेरे पास कोई चारा नहीं रह गया था। आखिर इतने विशिष्ट प्राणी से हम अब तक मिले कैसे नहीं?

देश-विदेश घूमें, दुनिया-जहान देखा और अब तक पन्नालाल नहीं देखा? उन मित्रों की टोली ने हमें ये टोला मार-मार कर अंदर तक घायल कर दिया। बहरहाल, मैं उस मेले का इंतजार करने लगा जिसमें एक तंबू पन्नालाल का भी बंधने वाला था।

कहते है कि हर कुत्ते के दिन आते हैं। ऐसा ही कुछ मुझे उस दिन महसूस हुआ जब रेलवे स्टेशन के पीछे मैदान में तंबू बंधने लगे। अब तो मैं रोज ही बड़ी धार्मिकता के साथ उस सड़क के दो-तीन चक्कर काट आता यह देखने के लिए कि मीना बाजार ही लग रहा है न? कहीं कोई सर्कस-वर्कस तो नहीं मुआ, बिन बात का....कहाँ हम गर्दभ महाराज के दर्शन को आतुर और कहाँ ये ले आयेंगे शेर, चीते, हाथी, पोपट, गोरी छरहरी नेपाली लड़कियाँ। हाँ! एक आधी मेम-सी दिखने वाली रुपसी भी और वो जी भर हँसाने वाला मुआ जोकर...।

हे प्रभो! आपको सौ रुपये का प्रसाद चढाऊँगा, मुझे पन्नालाल के दर्शन करवा दो। आखिर ऊपरवाले ने मेरी सुन ही ली। शहर में मेला लगा और हम निहाल हो गए। उतावलापन ऐसा हावी हो गया कि 'पंख होते तो उड़ आते रे'

गुनगुनाने लगे। फिर आई वो शुभ घड़ी, सुबह से ही मन में बच्चों जैसा उल्लास। रात को ठीक से नींद भी नहीं आई और जो थोड़ी बहुत आई भी तो सपने में पन्नालाल ही पन्नालाल दिखाई देते रहे।

सुबह से किसी और काम में मन ही नहीं लग रहा, बस शाम होने का इंतजार करने लगा। शाम को पहनने वाले कपड़े बाहर निकाल कर रख लिए। दोपहर का भोजन वक्त से पहले कर घड़ी की टिकटिक पर ध्यान केंद्रित कर लिया। कभी कलाई पर बंधी घड़ी देखता, कभी दीवार पर टंगी घड़ी और बीच-बीच में पत्नी से भी वक्त पूछ लेता। पत्नी आश्चर्य से मुझे घूरे जा रही थी मानो ऐसी अनहोनी पहली बार देख रही हो।

साँझ ढलते ही मैं पत्नी समेत घर से यूं निकला जैसे बेटे की बरात ले कर जा रहा हूँ। खुशी का पारावार नहीं। मेले में प्रवेश करते ही आँखें पन्नालाल को ढूंढने लगीं। बाकी के तामझाम सभी फजूल जान पड़े। तभी, आईये-आईये, जानिए अपना भविष्य.... श्रीमान पन्नालाल बतायेंगे आपको आपका भविष्य। पन्नालाल सब जानता है जो आप खुद भी नहीं जानते....। मेरे कानों में मिश्री-सी घुल गई। उदघोषणा सुन पैरों ने जमीं पर टिके रहने से इंकार कर दिया। मन किसी पुराने गीत की पंक्तियों को गुनगुनाने लगा, 'कब के बिछड़े हम आज कहाँ आ के मिले, जैसे सावन से कोई प्यासी घटा....।'

ऐसा महसूस हो रहा था जैसे पन्नालाल किसी हिंदी फिल्म का नायक हो और मैं उसकी जन्मों की बिछड़ी नायिका....।

मैं जब तंबू के बाहर लगी खिड़की से टिकट खरीद रहा था तब मेरी साँसें धौकनी की तरह चलने लगी। टिकट लेकर हम एक गंदी सी चादर को बांधकर बनाई गई एक गली से होते हुए तंबू में प्रवेश कर गये। मैली-कुचैली चादरों से घेर कर बनाये गये एक वर्तुलाकार मंच-सी जगह तक हम पहुंचे। बारिश के कारण किचकिच हुई पैरों तले माटी और अजीब-सी बदबू से घिरा माहौल, मगर सारी विपरीत परिस्थितियों के बावजूद जैसे मन ही मन खुद को समझा रहे थे कि खुदा आसानी से कहाँ मिलते है।

तंबू में हम दोनों पति-पत्नी के अलावा और कोई नहीं था। अब शुरू हुई इंतजार की घड़ियां। जाने कहाँ-कहाँ और दूर-दराज के रिश्तेदारों, दोस्तों-दुश्मनों से फोन पर बातचीत कर ली पर समय था कि कट ही नहीं रहा था। मन अब एक मन-सा भारी होने लगा। (दरअसल पाँव भी भारी होने लगे थे किंतु यहाँ इस वाक्य को लिखना सही नहीं)

मैंने अपनी पत्नी की ओर मायूसी से ताँका तो हैरान रह गया। उसके बड़े-बड़े कान, झुकी हुई गर्दन यहाँ तक कि एक पूँछ भी नजर आई। मैं उसे लगातार घूरे जा रहा था कि तभी सामने से एक सरदार जी आते दिखाई दिए। मेरी सांस में सांस आई, चलो हमारे अलावा कोई और भी आया। सरदार जी भी मुझे अपनी ही बिरादरी का समझ बड़े प्यार से मुस्कुराए। हम भी मुस्कुरा दिएं। कुछ ही देर बाद एक देहाती-सा दिखने वाला जोड़ा आया, फिर कुछ स्कूली बच्चे। कुछ अंतराल के बाद ही एक सभ्य शिष्ट-सा जोड़ा और एक नवविवाहित जोड़े के तुरंत बाद कुछ और लोग भी पन्नालाल के दर्शन हेतु जमा हो गए।

गोल घेरा अब लगभग पूरा भर गया। तभी मटमैले से कपड़े पहने एक युवक तंबू में अवतरित हुआ। हाथ में पकड़े माईक को चेक करने लगा। मेरे दिल की धड़कन तेज होने लगी। जाने क्यों खुशी के मारे दिल बल्लियों उछलने लगा। वहाँ खड़ा हर व्यक्ति मेरी ही तरह रोमांचित हो उठा।

तभी जोरदार तालियाँ बजने लगी। मैंने देखा कि एक छोटी-सी बच्ची श्रीमान श्री श्री १०२० परम पूज्य गधाधिपती, गधाभूषण, गर्दभ महाराज पन्नालाल जी को लगभग खींचते हुए ला रही थी। उम्र के पैतालिसवें वर्ष में मुझे इनके दर्शन संभव हुए, ये सोचकर मेरी आँखें भर आई। एकाएक कंधों में दर्द का एहसास हुआ। छूकर देखा तो पाया, गर्दन गर्व से तनकर जिराफ की तरह लंबी हो गई है। लोग खुशी से तालियां बजा रहे थे और शोर सुनकर पन्नालाल के कदम रिवर्स जा रह थे। बच्ची बड़ी ताकत लगाकर उसे खींच रही थी, तभी बच्ची की माँ सामने आई और झटके से रस्सी खींच कर पन्नालाल को केंद्र में रोपे खूंटे से बाँध दिया।

मेरा मन कर रहा था कि मैं पन्नालाल जी को साष्टांग प्रणाम करूँ। परंतु हम शहरी भद्र लोग पब्लिक में अपने मन की कहाँ कर पाते हैं। वह व्यक्ति जो माईक पर बोल रहा था इस खेल का सूत्रधार लग रहा था। अब उसने पन्नालाल की जो महिमा गानी शुरू की तो मुझे अपने वो मित्र याद आये जिनके अति महिमामंडन से मैं खौफज़दा हो गया था। मैं ग्लानि से भर उठा। मैंने उनके बारे में गलत सोचा था। यह सूत्रधार भी तो अक्षरशः वही सब कह रहा था। मन ही मन मैंने अपने परिचितों से माफी मांगी और अपना ध्यान सूत्रधार पर केंद्रित कर दिया।

वह चिल्ला-चिल्ला कर कह रहा था, "पन्नालाल को देखिए: ये कोई सामान्य प्राणी नहीं है। जो इन्हें सामान्य समझने की गलती करेगा वो पछतायेगा। पन्नालाल आपको ऐसी-ऐसी बातें बतायेगा जिसकी आप कल्पना भी नहीं कर सकते।" उसकी इस बात पर, मेरी बगल में खड़ा नवविवाहित जोड़ा जरा घबरा-सा गया। सूत्रधार अनवरत बोल रहा था, "जानिए अपना भूत, भविष्य और वर्तमान.....पन्नालाल भविष्यदृष्टा है, आपकी हर समस्या का समाधान करेगा। आईये-आईये.......।"

वह बार-बार गलियारे से बाहर झाँक रहा था शायद कुछ और भक्तों की राह देख रहा था। सभी के चेहरे उत्साह से चमक रहे थे मगर मुझे पन्नालाल का चेहरा बड़ा ही मायूस और बुझा-बुझा सा लगा। ऐसा जैसे घंटों से उसने कुछ खाया न हो या बीमार हो......।

तभी युवक चिल्लाते हुए बोला, "खबरदार होशियार, अब हम पन्नालाल से बहुत सारे सवाल पूछेंगे और ये सभी सवालों का सही-सही जवाब देगा।" 'सवाल का जवाब', सभी के चेहरों पर सवाल उभर आया, भला कैसे??

क्या यह ढेंचू-ढेंचू बोलेगा? हम कैसे समझेंगे इसकी भाषा?

तभी युवक ने समझाया कि हर सवाल के जवाब में यह किसी न किसी व्यक्ति के पास जाकर खड़ा हो जायेगा और उसी से हमें अपना जवाब मिलेगा।

मसलन पहला सवाल - "पन्नालाल बताओ यहाँ सबसे ज्यादा सुंदर कौन है?"

सवाल सुनते ही तंबू में खड़ी सभी महिला दर्शक सचेत हो गई। किसी ने चुपके से अपने बालों की लटें खोली, किसी ने पल्लू ठीक किया। किसी ने होंठों पर नकली मुस्कान उकेरी तो किसी ने भावभंगिमा संवार ली।

पन्नालाल ने, मोटी-मोटी रस्सियों से घेरकर बनाई गई गोलाकार दर्शक दीर्घा के अंदर चक्कर मारना शुरू किया। एक राऊंड, दूसरा राऊंड, धीरे-धीरे चलकर वो जिस किसी के भी पास से गुजरता उसकी धड़कनें तेज हो जाती और गालों पर लाली छा जाती। पन्नालाल के आगे निकल जाने पर फुस्स... खिसियानी मुस्कान....।

पन्नालाल एकाएक ठिठक गया। सभी का माथा यह देखकर ठनका कि एक बेहद ही मरियल से काले और ठिगने लड़के के सामने खड़ा था पन्नालाल।

अनायास ही सबने तालियां बजानी शुरू कर दी क्योंकि जल्द ही सभी ने देखा, लड़के की गोद में एक बहुत ही प्यारी और सुंदर, परियों जैसी गुलाबी फ्रॉक पहने हुए एक बच्ची थी। सच ही तो है, एक मासूम-सी बच्ची से ज्यादा खूबसूरत भला और कौन हो सकता है....। हमारे यहाँ तो कहावत ही है कि बच्चे तो गधे और सूअर के भी बेहद खूबसूरत लगते हैं। सब प्रसन्न हो गए क्योंकि बहुत ही सटीक और अविवादित जवाब दिया था पन्नालाल ने। मैं तो मन ही मन धन्य-धन्य हो उठा।

"दूसरा सवाल", युवक ने जोर से बोलकर जनता का ध्यान आकर्षित किया। "यहाँ सबसे अलग कौन है?" फिर से पन्नालाल चलायमान हुए। ठिठक-ठिठक कर सबका

ब्लडप्रेशर बढ़ाते हुए महाशय भीड़ में खड़े इकलौते सरदार जी के सामने रुक गए। सबने दिमाग लगाया, क्या पहचाना है, उस भीड़ में सबसे अलग सरदार जी ने ही माथे पर पगड़ी पहनी हुई थी बाकी सभी के सर नंगे थे एक जैसे.....। दर्शकों ने झूमकर तालियां बजाई।

"तीसरा सवाल, कौन दिनभर अपनी बीवी के आगे-पीछे घूमता रहता है?" इस सवाल पर कम से कम मेरी पत्नी तो निश्चित थी कि वो मेरे सामने नहीं खड़ा होगा। उसने बुरा-सा मुँह बनाकर मेरी ओर देखा। इन पत्नियों का भी न, कभी पेट नहीं भरता। चलो छोड़ो....। पन्नालाल जी की गाड़ी बड़ी स्पीड में चली मगर एक चक्कर लगाने के बाद ही बिना किसी हिलोहवाल के उस नवविवाहित जोड़े वाले नर के सामने खड़ी हो गई। सभी खिलखिलाकर हँसने लगे, नवविवाहिता शरमाकर लाल हुई और पति खिसिया गया। तालियों की गड़गड़ाहट होने लगी।

"चौथा सवाल, कौन अपनी पत्नी से डरता है?" इस सवाल पर ही सब हँसने लगे। शायद इसी बात से नाराज होकर पन्नालाल ने आगे बढने से इंकार कर दिया। उसका मालिक बार-बार चिल्ला कर सवाल दोहरा रहा था, मगर पन्नालाल टस से मस नहीं हुआ। इस पर युवक ने हंटर जैसी चीज निकाली और हवा में लहरा दी। पन्नालाल झट दौड़ कर उसी नवविवाहित जोड़े वाले लड़के के सामने खड़ा हो गया। बड़ी जाहिर-सी और तर्कसंगत बात है कि जो पति डरेगा वही तो पत्नी के आगे-पीछे दौड़ेगा। इस बार हँसी का फव्वारा छूटा। बेचारा लड़का भी खिसियानी हँसी हँसा। सब हँस रहे थे लेकिन योगी, महायोगी पन्नालाल जी की मुखमुद्रा

पर कोई परिवर्तन दिखाई नहीं दिया। यह तटस्थ भाव ही तो योगियों की पहचान है।

"पाँचवा सवाल, यहाँ डॉक्टर कौन है?" कौतुक से सभी इधर-उधर देखने लगे। वास्तव में अब पन्नालाल और हमारी भी परीक्षा की घड़ी थी। लेकिन पप्पू पास हो गया। इस बार वो मुझ पप्पू के सामने आकर खड़ा हो गया। सबकी सवालिया नजरों का जवाब मैंने मुस्कुरा कर दिया, क्योंकि मैं पेशे से डॉक्टर हूँ तो सबके चेहरे आश्चर्य से भर गए। शायद अब तक पूछे गए सवालों को मेरी तरह बाकी सब भी हल्के में ले रहे थे। लेकिन दर्शकों में से किसी के पेशे को पहचानना वाकई सोच में डालने वाला था।

मैं मुग्ध भाव से पन्नालाल को निहार रहा था। यूं लग रहा था मानो कुंभ के मेले में बिछड़े भाई ने भाई को पहचान लिया। अब दर्शकों का उत्साह अपने चरम पर पहुंच गया था।

"अगला सवाल, 'वकील कौन है?" इस बार भी पन्नालाल ने हिलने से मना कर दिया तो युवक ने उसके पिछवाड़े में कुछ चुभोया। दर्द से तड़पकर बेचारा दौड़ा और इस बार भी सही पात्र के सामने जाकर खड़ा हो गया।

युवक अकड़कर बोला, "अब आखिरी सवाल, किसका मन एकदम साफ है, कौन है वो, जो किसी का भी बुरा नहीं चाहता?" इस सवाल ने सभी के चेहरों पर बड़े-बड़े प्रश्न-चिन्ह लगा दिए। सभी के दिलों में धुकधुकी-सी मची। दरअसल हम इंसान अपनी बड़ी-बड़ी गलतियों को नजरअंदाज करते हैं और छोटे से छोटे गुण का बढ़ा-चढ़ाकर गुणगान करते हैं। मगर दूसरों के प्रति हमारा नजरिया इसके ठीक विपरीत होता है।

हमारा अपने या दूसरों के लिए किया गया मूल्यांकन सही हो, यह कतई आवश्यक नहीं। बुरे से बुरे व्यक्ति के पास भी अपने पक्ष में एक से बढकर एक दलीलें होती हैं।

खैर! युवक की तेज आवाज ने मेरा ध्यान पुनः खींचा। मैंने देखा पन्नालाल लगभग हर किसी के पास कुछ देर ठिठक कर आगे बढ रहा था मानो सूंघ रहा हो हमारे स्वभाव को। कई देर चक्कर काटने के बाद वो भीड़ और इस खेल से अलिप्त, मिट्टी से खेल रहे करीब तीन वर्षीय बच्चे के सामने खड़ा हो गया। मेरा तो मन किया की मैं पन्नालाल के कदम चूम लूं।

सभी के चेहरों पर संतोषजनक मुस्कान दिखाई दी। लोगों ने खूब तालियां बजाकर पन्नालाल का अभिनंदन किया। वाकई पन्नालाल ने अपना सिक्का जमा लिया। शो खत्म हो गया। लोग हँसते-बतियाते तंबू से बाहर निकल गए।

मैं वहाँ से हिल नहीं पाया। पता नहीं क्यों, इस गधे से अजीब-सा लगाव महसूस हुआ। पिछले कितने दिनों से मैं इससे जुड़ा हुआ था। दिमाग में अनेकों सवाल और मन में बहुत सारी करुणा भर आई। कैसे इस निरीह प्राणी ने सभी सवालों के सही-सही जवाब दिए, क्या ये महज एक इत्तेफाक था?

यह शो तो जब तक मेला लगा है रोज ही चलता रहेगा। क्या रोज यही सवाल पूछे जाते होंगे? क्या रोज यहाँ कोई डॉक्टर या वकील आता होगा? जब दूसरे सवाल पर पन्नालाल सरदार जी के पास खड़ा हुआ तो मुझे लगा वह उन्हीं का आदमी होगा। मगर डॉक्टर तो उनका आदमी नहीं

था और ना ही वकील.... फिर? यह पन्नालाल अकेला तो नहीं जो ऐसे मेले-ठेले में जाता होगा। कैसे सिखाते होंगे यह सब....या सचमुच ही पन्नालाल कोई महान आत्मा है....?

सवाल थे कि खत्म होने का नाम ही नहीं ले रहे थे, साथ ही करुणा भी मुझे उद्वेलित कर रही थी। पन्नालाल के आगे न बढ़ने पर युवक ने हंटर हवा में लहराकर उसे डराया। जरूर उसे मारा जाता होगा तभी तो वह हंटर देखते ही दौड़ पड़ा। दूसरी बार पन्नालाल के अड़ियल होने पर उस बंदे ने पीछे कुछ चुभाया, चुभन से तड़पकर वह दौड़ पड़ा। मुझे उसके पैरों के आसपास छिली हुई त्वचा और घावों के निशान भी दिखाई दिए।

यह कैसा खेल और कैसा मनोरंजन है? जिसे देखने के लिए हमारे जैसे पढे-लिखे व प्रबुद्ध लोग भी पहुंच गए। अपने सवालों से परेशान हो कर मैं उस युवक की ओर बढ गया। पन्नालाल ने तो सभी सवालों के सही-सही जवाब दे दिए अब उसके मालिक की बारी थी। युवक ने जैसे ही बोलने के लिए मुँह खोला तो शराब के तेज बदबूदार भभके आये।

मेरे सवाल करने पर वह चिढ़ कर कहने लगा, "सर जी, पेट पालने के लिए सबकुछ करना पड़ता है। आपको इस गधे पर दया आई हम पर नहीं.....? बूढ़ी माँ, लाचार और बीमार बाप, चार-चार बच्चे और टीबी की मरीज मेरी बीवी का पेट इसी पन्नालाल के भरोसे जैसे-तैसे पाल रहा हूँ। जाओ-जाओ साहब, अपना काम करो। तमाशे का टाइम है, तमाशा मत करो यहाँ। अभी और लोग आते होंगे, दूसरा शो करना है...।" उसने बड़ी तल्खी से कहा।

उसके सवाल के सामने मेरे सवाल बौने हो गए। मेरे महीनों के उत्साह पर पानी पड़ गया। पन्नालाल के चेहरे-सा लटका हुआ चेहरा लेकर मैं वापस लौट आया।

पन्नालाल का तंबू, उसके मालिक के बेतुके सवाल, हवा में लहराता हंटर, पन्नालाल का जख्मी शरीर, हवा में फैली बदबू, उस युवक के छोटे-छोटे बच्चे, और न जाने क्या क्या.......।

मेरे दिमाग में ये बातें महीनों घूमती रही और साथ ही सर उठाते रहे कई सवाल। मैंने बहुत सोचा और अंत में एक ही जवाब समझ में आया "पापी पेट का सवाल।"

दीपक ने एक लंबी श्वास ली और अपने दोस्तों की तरफ देखकर पूछा - "तुम्हारे पास है कोई और जवाब।" तीनों गर्दन झुकाए चुपचाप आगे बढ गए।

चूहा-बिल्ली

तीनों ने बिना कोई आहट किए हाथों में चप्पलें उठाई और एक दूसरे की तरफ देखा जैसे कुएं में छलांग लगाने के लिए हिम्मत इकट्ठा कर रहे हों। दबे पांवों से बड़े-बड़े डग भरकर आँगन में से लगभग दौड़ लगाई और गलियारे में पहुंचे कि ब्रेक लग गया। तीनों की निगाहें सामने से आती धूप और उनके बीच नीचे जमीन पर पसरी दैत्याकार आकृति पर गड़ गई।

हिम्मत बटोर कर तीनों ने धीरे-धीरे निगाहें उठाई। सामने दोनों हाथ कमर पर रखे, चेहरे पर भीषण चुप्पी लिये वो ही खड़ी थी जिनसे बचने के लिए ये बेचारी नन्ही जानें दबे पांव भाग रही थी, "माँ"

माँ की अंगारे बरसाती आँखें बेचारे निरीह बच्चों का ऊपर से नीचे और नीचे से ऊपर बार-बार इस तरह से निरीक्षण कर रही थी मानो खोये हुए हीरे ढूंढ रही हों। बच्चे साँस थामे उन बलि के बकरों की तरह खड़े थे जिन्हें अगले ही क्षण जिरह किया जाना हो, बस किसकी बारी पहले आती है चिंता उसी बात की थी। माँ ने दोनों हाथ आगे बढाये....

भय अपने चरम तक पहुंच गया। उन सभी की टांगें थरथराने लगी। माँ के बढते हाथों ने भाई और दीदी के कान इतनी कसकर उमेठे कि बेचारे दोनों माँ के हाथों में लगभग लटक से गए।

थैंक्स गॉड!! भगवान ने मनुष्य को दो ही हाथ दिये वरना छुटकी जो बीच में खड़ी थी कैसे बच पाती। माँ ने अजीब सी मीठी वाणी में पूछा, "कहाँ थे और कहाँ से आ रहे हैं मेरे लाडले?"

कान छुडाने की कोशिश करता भाई बुदबुदाया, "यहीं सामने खेल रहे थे।"

"अच्छा!! मुझे आजकल कम दिखाई देता है शायद, मैं कम से कम दस बार तो देख आई," माँ ने दाँत पीसकर कहा।

दीदी ने कोशिश की, "माँ अन्नी के घर में थे।"

माँ ने आँखें छोटी कर के कहा, "अच्छा! तो बाहर ताला लगाकर अंदर खेल रहे थे मेरे नौनिहाल…"

माँ का स्वर और पारा दोनों चढ़ते जा रहे थे। छुटकी बेचारी डरकर सिकुड़-सी गई कि कहीं उस नन्ही-सी जान पर नजर न पड़ जाए। यदि सवाल-जवाब का सिलसिला उसकी तरफ घूम गया तो उसका तो वैसे भी, ऐसे समय में दिमाग कम काम करता है। कहीं सच उगल दिया तो माँ की तलवार तो सर पर लटक ही रही है, इन दोनों राक्षसों और जल्लादों से कौन बचायेगा उस मासूम को। वैसे भी इन बड़े भाई-बहन की टोली में उसे मेम्बरशिप मिली ही इसीलिए ताकि इनके कारनामों की खबर 'माताजी पूछताछ विभाग' को ना मिले।

"कहाँ खेल रहे थे, कपड़ों पर इतनी मिट्टी?? मजदूरी करने गये थे कहीं…." सवाल पर सवाल।

छुटकी का हौसला बस टूटने ही वाला था कि सामने से साक्षात भूचाल चल कर आ गया, 'गुड़िया की माँ….'

जिसे ये तीनों बच्चे, घर में दीवारों के पलस्तर के लिए लाई गई बालू के लड्डू बनाकर, उस पर शुद्ध देशी घी का लेप चढाकर, स्टील की प्लेट में रखकर, सुंदर-सी रुमाल से ढककर दे आये थे। यह कहकर कि आज सुबह घर में सत्यनारायण भगवान की कथा रखी थी, उसी का प्रसाद है यह चूरमा के लड्डू।

गुड़िया की माँ प्लेट पकड़ती तब तक उनके पांच-सात बच्चे प्लेट पर चिमट पड़े। इस डर से कि कहीं उनके सामने ही कोई लड्डू मुँह में न धर ले, तीनों वहाँ से नौ दो ग्यारह हो गये। घर पर शिकायत जरूर होगी, इस डर से बड़ी देर तक घर से गायब रहे। मगर सयाने थोड़ा सा चूक गए, टाइमिंग गलत हो गई और साक्षात तूफान से ही टकरा गए। बचने की कोई गुंजाइश नजर नहीं आ रही थी कि देखा माँ का ध्यान गुड़िया की माँ की बातों से जरा भटका और तीनों ऐसे गायब हुए जैसे गधे के सिर पर से सींग....आगे क्या हुआ होगा, इसकी कल्पना आप सभी बेहतर ढंग से कर सकते हैं। चूहे-बिल्ली का खेल तो आखिर हर घर में होता ही है....

क्या आप टॉम एंड जेरी कार्टून देखते हैं...?

तस्वीरें

मिसेज गुप्ता की रो-रोकर आँखें सूज गई थी। सुबकियां-हिचकियाँ और ढेर सारी गंगा-जमुना बहाकर अब वो निढाल-सी हो, होटल के कमरे में बिस्तर पर औंधे मुंह पड़ी थी। तभी बाथरूम का दरवाजा खुला और सीटी बजाते हुए मिस्टर गुप्ता बाहर आए। फाइव स्टार होटल के इस लग्जरी कमरे में लगे आदमकद आईने में खुद को निहारते हुए तैयार होने लगे। चटक रंगों वाली फ्लोरल टी-शर्ट, बरमूडा, क्रीम-पाउडर, सनस्क्रीन और उसके बाद ढेर सारा परफ्यूम उड़ेला। एक नजर मिसेज गुप्ता पर डालकर तल्खी से पूछा, "चलना नहीं है क्या साईट सीइंग के लिए?"

अब तक सांस रोके पड़ी गुप्ताइन ऐसे उछलकर बैठ गई जैसे जोर का करंट लग गया हो। लगभग चीखते हुए बोली, "चलना नहीं है, का क्या मतलब?? मैं कलकत्ता से सैकड़ों किलोमीटर दूर अंडमान निकोबार जैसी सुंदर जगह पर इस फाइव स्टार होटल के कमरे में सड़ने के लिए आई हूँ? तुम तो चाहते ही नहीं कि मैं तुम्हारे साथ कहीं भी जाऊँ।

वो कलमुँही जो है, तुम्हारी मिसेज परांजपे, तुम्हारे साथ गुलछर्रे उड़ाने के लिए.....। पता नहीं इतनी बड़ी दुनिया में उसे भी यही जगह मिली थी अपनी छुट्टियां बिताने के लिए? और यहाँ भी यही होटल!! कलकत्ता ही काफी नहीं था क्या,

जो यहाँ भी पीछे-पीछे चली आई? मुझे तो शक ही नहीं, पूरा-पूरा यकीन है कि यह सब इत्तेफाक नहीं। मेरा तो एक बहाना था यह प्रोग्राम उसी के लिए अरेंज किया है तुमने....... मेरी तो पूरी ट्रिप ही बरबाद कर दी चुड़ैल ने....।"

"शटअप सुरभि" गुप्ताजी ने गुस्से में कहा, "वह अपने पति के साथ आई है।" सुरभि और जोर से चीखी, "हाँ-हाँ उसका पति! मिसेज परांजपे का केवल नाम का और पियक्कड़ पति जो चौबीसों घंटे पीकर इधर-उधर पड़ा रहता है। यहाँ भी होटल के कमरे, बार रुम या पूल में पड़ा रहेगा और तुम्हारी मैडम परांजपे दूसरी औरतों के पतियों के साथ.......।"

गुप्ता साहब बीच में ही चिल्लाये, "तुम्हें चलना हो तो तैयार होकर आ जाओ, मैं नीचे ब्रेकफास्ट के लिए जा रहा हूँ।" उन्होंने कमरे का दरवाजा खोला और बाहर निकल गये।

भड़ाक से बंद हुए दरवाजे के साथ ही परफ्यूम का तेज भभका सुरभि के नाक से होता हुआ उसके दिमाग में चढ़ गया। उसके जी में आया कि उसी वक्त गुप्ता जी को कॉलर से पकड़कर खींचते हुए कमरे में लाकर पटक दे और कमरा लॉक कर दे। फिर देखे कैसे मनाते हैं रंगरेलियां उस चुड़ैल के साथ। वह बड़बड़ाए जा रही थी, "मुझे पता है सब, इनकी मिली भगत और सांठगांठ है। लेकिन मैं भी देखती हूँ कि... हा हा हा हा..।"

गुप्ताइन हिस्टिरिया के मरीज की तरह कभी रो रही थी और कभी हँस रही थी, तभी फोन पर नोटिफिकेशन बेल बजी। सुरभि ने झट फोन उठाकर देखा तो ढेर सारे फेसबुक

मैसेज दिखाई पड़े। वो एकाएक अलर्ट हो कर पालथी मारकर बिस्तर पर बैठ गई। अरे हाँ! याद आया, कल रात ही तो उसने अपने और मिस्टर गुप्ता के ढेर सारे फोटोज फेसबुक पर पोस्ट किए थे। इस परांजपे और रोने-धोने की रामायण में फोन देखना ही भूल गई। हड़बड़ाकर जल्दी से फेसबुक खोला तो गुप्ताइन की बांछें खिल गईं।

बारह सौ पचपन लाइक्स और आठ सौ कमेंट्स। खुशी से गदगद हो कर मिसेज गुप्ता ने कमेंट्स पढ़ने शुरू किए...... लवली कपल, ऑसम, ब्यूटीफुल जोड़ी, रब ने बना दी जोड़ी, जोड़ी न. वन, मेड फॉर ईच अदर, सुभानअल्लाह, माशाअल्लाह, क्या खूब, नजर न लग जाए इस प्यार भरे जोड़े को वगैरह-वगैरह। यह सारे कमेंट्स उस तस्वीर के लिए थे जिसमे समंदर के पानी में खड़े मिस्टर गुप्ता ने मिसेज गुप्ता को बाँहों में ऐसे कसकर जकड़ा हुआ है जैसे कोई सोनपरी ही हाथ लग गई हो और कहीं फिसल कर हाथों से न निकल जाए।

दूसरी तस्वीर, जिसमे दोनों ने गॉगल्स आँखों पर पहन रखे हैं और एक दूसरे के गले में बाँहें डाले दूर क्षितिज को निहार रहे हैं। प्रेम में सब कुछ पीछे छोड़ आए किसी पागल प्रेमी युगल जैसे नजर आ रहे हैं दोनों। इस फोटो पर तो कमेंट्स की झड़ी ही लग गई है। दोस्तों ने तो सराहना की ही, दुश्मनों ने भी लाईक और एप्रिशिएट किया।

तीसरी फोटो में सुरभि समंदर के नीले पानी में, सहम कर ऐसे उतर रही है मानो कोई मिट्टी की गुड़िया हो जो पानी में उतरते ही गल जाएगी। साथ ही रेत पर खड़े गुप्ता जी सुरभि की हैट, पर्स, स्लीपर्स एक हाथ में उठाए और दूसरे

हाथ से सुरभि को पानी में उतार रहे है। सबसे ज्यादा कमेंट्स और लाईक्स इसी पिक्चर को मिले।

इतने सारे और तारीफों से भरे कमेंट्स पढकर सुरभि के मन में कई अहसास एक साथ जगे.......दिल में आवेग सा, आँखों में गुब्बार और गले में कुछ धुआं-धुआं सा उठा मगर सुरभि समझ नहीं पाई कि ये आवेग खुशी का था या खोखलेपन की बेचारगी का।

अपराध बोध

शीत ऋतु की एक सुबह, कच्ची धूप में बैठी वह गर्म चाय की चुस्कियों के साथ अखबार पढ़ने का आनंद उठा रही थी। एकाएक अजीब-सी कड़ुवाहट मुँह में घुल गई। बड़े-बड़े अक्षरों में खबर छपी थी कि किसी गाँव में एक महिला को डायन घोषित कर गाँव वालों ने पत्थरों से मार-मार कर उसे लहूलुहान कर दिया। बरसों पहले भी ऐसे ही कई डरावने-वहशी चेहरों के बीच घिरे एक बेहद मासूम, सरल और निष्पाप चेहरे की याद ने उसे आत्मग्लानि से भर दिया...। दर्दभरी यादों से घिरी वो घटना, चलचित्र की भाँति उसकी आँखों के सामने दौड़ने लगी।

श्रावण का महीना, मंदिर के घंटे की आवाज से रुपाली की नींद खुली। नहा-धोकर स्कूल यूनीफॉर्म पहन, नन्ही दस वर्षीय रुपाली आँगन में आई तो माँ ने टोका, "शिवजी को जल चढ़ाकर आओ नहीं तो नाश्ता नहीं मिलेगा।" छोटी-सी लुटिया में जल भरा ही था कि बुआ ने पुकारा और कहा, "यह सिंदूर की पुड़िया सामने वाली चाची को दे आ।"

उछलती-कूदती रुपाली नंगे पैर ही दौड़ गई। पुड़िया को गेंद की तरह हवा में उछालती-लपकती बच्ची का हाथ चुका और पुड़िया नीचे। बहुत ढूंढने पर देखा पुड़िया तो पड़ोसी दादाजी के जूते में विराजमान है। झुककर उठा ही रही थी

कि नन्ही बुद्धि ने चेताया, जूते में गिरा सिंदूर पूजा में कैसे चढेगा....बस वह लौट गई और बुआ को कुछ बताये बिना ही स्कूल भी चली गई।

दोपहर स्कूल से लौटने पर देखा कि सामने वाले दादाजी के घर के सामने बड़ी भीड़ जमा है। उत्सुकतावश उसने भी अपनी खोपड़ी जबरन पुसा दी तो देखा वहाँ एक काला-डरावना साधु-नुमा व्यक्ति विचित्र आवाजें निकाल कर अजीब हरकतें कर रहा था। सब डरे-सहमे हुए साँस रोके खड़े थे।

साधु चिल्लाया- "वही है, वही है, सर्वनाश करना चाहती है, मृत्यु लाई थी, टल गई।"

इतना सुनते ही चारों ओर फुसफुसाहट शुरू हो गई और परिवार के लोग अंदर दौड़ पड़े। कुछ ही पलों में रोती-बिलखती ताई को घसीटते हुए बाहर ले आएं। ताई हाथ जोड़-जोड़कर कह रही थी कि मेरा विश्वास करो, मैंने कुछ नहीं किया। मगर सभी ताई को घृणा से देख रहे थे और कोस भी रहे थे।

ताई पड़ोसी परिवार के मुखिया की बालविधवा, निसंतान भाभी थी। बिन माँ के इस नन्हे देवर (मुखिया) को इन्होंने ही पाला-पोसा और अपना सारा जीवन इसी परिवार को समर्पित कर दिया।

गौरवर्ण, सुंदर, तीखे नैन नक्शे वाली ताई, रुपाली को किसी सुनहरी परी-सी लगती, जिसने सफेद बालों वाला चाँदी का ताज पहन रखा हो। वह अक्सर सोचा करती, यदि ताई को माँ दुर्गा की तरह सजा दिया जाए तो वह हूबहू देवी माँ ही लगेंगी। लेकिन कैसे? माँ दुर्गा तो लाल रेशमी वस्त्रों

और आभूषणों से सजी-धजी और ताई श्वेत वस्त्रों में और अलंकार विहीन।

अपने श्वेत वर्ण व श्वेत वस्त्र की तरह ही ताई का चरित्र व स्वभाव भी निर्मल और बेदाग था। मगर बढते वैभव के साथ उस भरे-पूरे परिवार में ताई की स्थिति एक ऐसे पुराने खानदानी फर्निचर की भाँति हो गई थी, जिसे ना रखा जा सकता था और न फेंका जा सकता है। शायद आज इसे फेंकने का ही जुगाड़ बैठाया जा रहा था।

घर आकर बच्ची ने बुआ से इस घटना का कारण पूछा। बात पता चली तो रुपाली असमंजस में पड़ गई। जूते में मिली सिंदूर की पुड़िया को ताई द्वारा किया गया जादू-टोना समझा जा रहा था। तब रुपाली ने बुआ को बताया, कि वो पुड़िया ताई ने नहीं डाली, वो तो उसके हाथ से छूटकर गिर गई थी। इतना कहकर रुपाली सबको सच्चाई बताने दौड़ पड़ी। बुआ ने उसको बाँह पकड़कर खींच लिया।

सोलह-सत्रह वर्षीय बुआ के चेहरे का रंग उड़ा हुआ था। उन्होंने रुपाली को अपनी कसम दी कि वह ये बात किसी को न बताए क्योंकि बात बहुत बढ़ चुकी थी। बुआ ने बताया कि ताई के लिए इस तरह की बातें दबी-जुबान में उनके घर में अक्सर ही होती रहती हैं। पुड़िया बुआ ने भेजी है यह बात खुल गई तो उनको डाँट लगेगी।

पुड़िया गलती से गिरी है, इस वास्तविकता पर अब कौन विश्वास करेगा। अब जो व्यवहार ताई के साथ किया जाने लगा वो बिल्कुल नारकीय था। अंधेरी कोठरी, अलग टूटे-फूटे बर्तन-भांडे, बात करना तो दूर कोई पास भी नहीं फटकता।

उनकी छाया से भी डरते लोग, उन्हें ताई की जगह 'डायन' के नाम से पुकारने लगे।

एक रुपाली का ही परिवार था जो उनसे सहानुभूति रखता था और एक रुपाली ही थी जो गाहे-बगाहे ताई की काली कोठरी में चली जाती और उनके गले से लिपटकर खूब रोती। नन्ही बच्ची रोकर शायद अपना पाप धोना चाहती थी। निसंतान, अभागी, विधवा, प्यार और अपनेपन को तरसती ताई बच्ची को इस कदर चिपटा लेती मानो..

"आज मिली है सौगात जाने फिर कब नसीब होगी

इक पल की अमीरी है, अगले पल वो फिर गरीब होगी..."

फिर एकाएक चौंककर कहती, "मेरी मनहूस छाया से दूर चली जा मेरी बच्ची कोई देख लेगा।" परन्तु रुपाली अपनी गलती का ऐसा बुरा अंजाम भुगत रही ताई को अकेला कैसे छोड़ देती....। सबको सबकुछ बता देने की अक्सर तीव्र इच्छा होती। कई बार माँ के सामने जाकर खड़ी भी रहती, माँ चिढ़ जाती कि कुछ कहना है तो कहती क्यों नहीं... मगर बुआ की कसम व हिदायतें आड़े आ जाती...।

आज सोचती हूँ कि उस नादान उम्र की मासूम-सी कसम के भी क्या मायने जो मैं किसी की ऐसी दशा का कारण बनी। मेरी ही तरह शायद बुआ भी अपनी उस नासमझी और आत्मग्लानि की पीड़ा को झेल रही होगी।

एक दिन पता चला ताई को दूरदराज राजस्थान भेज दिया गया। रोती-बिलखती ताई अपना चेहरा हाथों से ढांपे विदा हो गई। दो महीने बाद ही उनकी दुनिया से विदाई

की खबर मिली। रुपाली का रो-रोकर बुरा हाल था। ताई ने तो जल्द ही हर तरह के कलंक से छुटकारा पा लिया मगर रुपाली उस आत्मग्लानि से कभी बाहर नहीं निकल पाई।

वक्त के मरहम ने घावों को कुछ भर तो दिया मगर दाग अभी भी बरकरार हैं। समाचार पत्रों में छपी ऐसी बेबुनियाद खबरें उन घावों को फिर से हरा कर देती है और रुपाली गहरे अपराध-बोध तले दब जाती है।

बाँसुरी वाला

वो सब पिकनिक मनाने निकले थे। दिनभर खूब मौज-मस्ती की, खाया-पीया, गाते-बजाते, अंताक्षरी खेलते हुए वापस लौट रहे थे। अचानक एक अंधे मोड़ पर सामने से आते एक तेज रफ्तार ट्रक ने उनकी एम्बेसडर गाड़ी को उड़ा दिया। पीछे की सीट पर बच्चे और सामने बैठे माता-पिता को एक क्षण तो कुछ समझ नहीं आया और बाद में अवसर ही नहीं मिला। टक्कर इतनी जोर की थी कि पीछे बाँयी ओर का दरवाजा खुल गया और उस तरफ बैठी ग्यारह वर्षीय एंजलीना बाहर सड़क पर गिर पड़ी। माँ ने बच्ची को कातर निगाहों से सड़क पर गिरते देखा मगर कुछ सोचे समझे उससे पहले ही उनकी गाड़ी गुलाटियां मारती खाई में जा गिरी।

बीस दिनों के बाद जब एंजलीना होश में आई तो उसने अपने आप को एक नई जगह पाया। भयभीत होकर उसने चारों तरफ नजरें दौड़ाई तो कई नये चेहरों के बीच एक जाना-पहचाना हुआ चेहरा दिखा। उसने पुकारा, "आंटी!"

उसे होश में आया देखकर उसकी मौसी मारिया खुशी से रो पड़ी। पिछले बीस दिनों से वह एंजलीना के होश में आने का इंतजार कर रही थी। उसने दौड़कर एंजलीना को सीने से लगा लिया। एंजलीना असहज महसूस कर रही थी। उसे अपने मम्मी-पापा के पास जाना था। उस दिन के एक्सीडेंट में सिर पर गहरी चोट लगने से और सदमे के कारण उसे वह

घटना याद नहीं थी। मौसी को अपने से दूर करते हुए उसने पूछा "मम्मी-पापा और भाई कहां हैं?" मारिया ने घूमा-फिरा कर बताया कि वे किसी आवश्यक काम से कुछ दिनों के लिए बाहर गये हैं। उनकी बात सुनकर एंजलीना रोने लगी क्योंकि वह अपने मम्मी-पापा के बिना कभी भी अकेली नहीं रही। मारिया भी उसके गले से लग कर खूब रोई।

एंजलीना के सवालों से आंटी मारिया परेशान रहने लगी थी। निसंतान मारिया एंजलीना का खूब ख्याल रखती, लेकिन फिर भी बच्ची को खुश नहीं रख पा रही थी। एंजलीना का स्वभाव चिड़चिड़ा होता जा रहा था। एक दिन परेशान होकर मारिया ने उस दिन की घटना याद दिलाते हुए उसे बता दिया कि उसके मम्मी-पापा और भाई ऐक्सिडेंट में मारे गए। बस उसी दिन से एंजलीना खामोश और गुमसुम रहने लगी। मारिया और उसके पति फिलिप ह्यूज ने अपनी तरफ से बहुत कोशिशें की, लेकिन वे एंजलीना को सामान्य नहीं कर पाएं। किसी मित्र के परामर्श पर उन्होंने एंजलीना को हॉस्टल में भेज दिया। वे दोनों बीच-बीच में उससे मिलने चले जाते। एंजलीना लेकिन हमेशा घर आने से इंकार करती रही।

इस वर्ष एंजलीना दसवी की परीक्षा देने वाली है। बच्चों को तीन महीने की प्रिपरेशन लीव दी गई है। हॉस्टल बंद कर दिए गए हैं। सारे बच्चे खुशी-खुशी अपने घर जा रहे हैं, मगर एंजलीना बिल्कुल खुश नहीं है। उसकी आंटी मारिया और अंकल फिलिप भी उसे लेने आए। रास्ते भर मारिया गुमसुम बैठी रही और अपने आंटी-अंकल के सवालों का सिर्फ हाँ हूँ, में ही जवाब देती रही। मारिया की आँखो में आँसू भर आए। अपनी प्यारी बहन को खो देने के बाद उसकी इस निशानी

को मारिया ने जी जान लगाकर पाला-पोसा मगर वो उसे खुश नहीं रख पाई। घर पहुंच कर मारिया ने एंजलीना को ऊपर का कमरा दे दिया ताकि वो बिना किसी व्यवधान के अपनी पढ़ाई अच्छी तरह से कर पाए। एंजलीना कभी किसी बात का न तो विरोध किया करती और ना ही किसी चीज की मांग करती। वह ना तो कभी हँसती दिखाई दी और ना ही किसी ने उसे कभी रोते हुए देखा।

ठंड के दिन थे इसलिए एंजलीना छत पर बैठ कर अपनी परीक्षा की तैयारियां करने लगी। मारिया और फिलिप दोनों अपने-अपने काम पर चले गए। छत पर धूप के टुकड़ों का पीछा करते-करते उसने पूरी छत की परिक्रमा कर ली।

शाम ढलने लगी तो वह नीचे आने के लिए किताबें समेट ही रही थी कि उसे कहीं दूर से आती बाँसुरी की आवाज सुनाई दी। उसे आश्चर्य हुआ कि इस वक्त कौन इतनी मधुर बाँसुरी बजा रहा होगा। आवाज इतनी मीठी और सुरीली थी कि उसके किताबें समेटते हाथ थम गए। बाँसुरी की धुन में ऐसा गजब का जादू भरा नशा था कि वह मदहोश होकर आवाज का पीछा करते हुए नीचें उतर आई। उस मधुर आवाज ने चुम्बक की तरह एंजलीना को अपनी तरफ खींचना जारी रखा और वो घर से बाहर निकल कर आवाज का पीछा करती चली गई।

उसने देखा, एक अँधियारी-सी गली के छोर पर कई छोटे-छोटे टीन शेड के बने कमरों में से एक के सामने बैठा एक बीस-बाईस साल का लड़का बाँसुरी बजा रहा था। बदन पर एक फटी हुई बनियान और मटमैला-सा हाफपैंट पहने हुए था। अंधेरे के कारण वह ठीक तरह से दिखाई तो नहीं

दिया मगर मालूम हुआ, जैसे आँखें बंद किए अपनी ही धुन में वह जादुई बाँसुरी बजा रहा है। एंजलीना भी मुग्ध होकर बाँसुरी के सुरीलेपन में खुद को भूलकर खड़ी रह गई। जाने कब तक वो वहाँ खड़ी रही।

अचानक बाँसुरी की आवाज बंद हो गई तो एंजलीना जैसे नींद से जागी। आँखें खोली तो देखा सामने बैठा लड़का उसकी तरफ ही देख रहा था। अचानक उसे अपनी ओर देखता पाकर एंजलीना डर गई और पलट कर गली की तरफ दौड़ लगा दी और घर पहुंच कर ही दम लिया।

इधर मारिया और फिलिप घर लौटे तो घर का दरवाजा खुला देख और एंजलीना को न पाकर घबरा गए। मारिया तो रोने ही लगी। वैसे भी वह एंजलीना को लेकर बहुत चिंतित रहा करती थी। आज तो बुरे ख्यालों ने उसका दिल ही दहला दिया। वे दोनों उसे आवाजें लगा-लगाकर आसपास के घरों में ढूंढ आये मगर एंजलीना कहीं नहीं मिली।

अब क्या करें, यह सोच ही रहे थे कि एंजलीना हाँफती हुई घर में घुसी। मारिया और फिलिप उससे पूछते ही रह गए, मगर कोई भी जवाब दिए बिना वह अपने कमरे में चली गई और दरवाजा बंद कर लिया। कुछ देर अकेले बैठ कर जब थोड़ा सहज हुई तो उसने दरवाजा खोला। मारिया और फिलिप डरे सहमे से बाहर ही खड़े थे।

बहुत पूछताछ करने पर एंजलीना ने आधा सच बताया कि यूं ही टहलते हुए वह पीछे बस्ती की तरफ चली गई थी। अंधेरा होने पर यह सोचकर डर गई कि आप लोग परेशान होंगे इसलिए दौड़ी आई। आपको परेशान देखकर मुझे

शर्मिंदगी महसूस हो रही है, यह कहकर उसने अपने आंटी-अंकल से क्षमा मांगी। मारिया और फिलिप ने उसे प्यार से समझाया कि दुबारा भूलकर भी उस बस्ती की तरफ न जाए। वहाँ निचले तबके के लोग रहते हैं, जो दिन रात शराब पीकर हंगामा किया करते हैं। वो जगह अपने जैसे लोगों के लिए नहीं है। एंजलीना ने उन्हें आश्वासन दिया कि वह दुबारा वहाँ कभी नहीं जायेगी।

अब एंजलीना रोज ही छत पर पढने जाती है और उस जादुई बाँसुरी के बजने का इंतजार करती रहती है। शाम ढलने के साथ ही बाँसुरी वाला सुरीली तान छेड़ देता है और उस मदहोश कर देने वाली धुन को सुनकर कभी एंजलीना हँसती है, तो कभी फूट-फूटकर रोने लगती है। अब यह उसका रोज का नियम बन गया है। दिन भर मन लगाकर पढाई करना और शाम को बाँसुरी की धुन में गुम हो जाना।

मारिया ने देखा कि आजकल एंजलीना बदल गई है, खुश रहने लगी है। सबके साथ बैठकर खाना खाती है और हल्की-फुल्की बातें भी कर लेती है। मारिया ने उसे गुनगुनाते हुए भी सुना। एंजलीना के बदलते व्यवहार को देखकर मारिया के दिल पर पड़ा बोझ कुछ कम हुआ। तीन महीने देखते ही देखते ही निकल गए। एंजलीना फिर अपने हॉस्टल चली गई। इस बार उसने जल्दी वापस आने का वायदा भी किया तो फिलिप और मारिया दोनों ही दंग रह गए।

कुछ सालों बाद एंजलीना पढ़-लिखकर इंजिनियर बन गई। वह अब अक्सर अपनी आंटी के पास गोवा आती रहती है। इन पाँच छह सालों में वह जब भी यहाँ आई, छत पर जाकर उसने उस बाँसुरी की धुन को जरूर सुना। बाँसुरी के

अदभुत सुरीलेपन ने उसे हमेशा ही मंत्रमुग्ध किया। पिछले महीने एंजलीना की शादी हो गई। आज एंजलीना अपने पति के साथ अपने ससुराल मुंबई जाने वाली है। शादी की गहमागहमी में उसे बाँसुरी की धुन का ख्याल ही नहीं आया।

मारिया और फिलिप एंजलीना के जाने से दुखी भी हो रहे थे और खुश भी क्योंकि आज उनकी जिम्मेदारी पूरी हो गई थी। घर से निकलते समय सभी बहुत भावुक हो रहे थे। मारिया बार-बार एंजलीना को हिदायतें दे रही थी तभी किसी ने बताया कि शहर में निकलने वाली किसी पॉलिटिकल रैली के कारण उनकी सड़क को वाहनों के लिए बंद किया गया है। बेटी घर से विदा होकर जा रही थी, इसलिए सामान ज्यादा था।

गाड़ी बाहर मुख्य सड़क पर खड़ी थी और वहाँ तक पहुंचने के लिए काफी चलना पड़ रहा था। घर के लोगों द्वारा सामान उठा लिए जाने के बावजूद दो बड़े सूटकेस और दो बड़ी साईज के बैग बचे रह गए। फिलिप किसी हमाल को ढूंढ कर लाने गए और एंजलीना से कहा कि वो सभी के साथ गाड़ी तक पहुंचे। एंजलीना और उसके पति गाड़ी में बैठ चुके थे और बाकी बचे सामान एवं फिलिप अंकल की राह देख रहे थे।

तभी फिलिप किसी हमाल के साथ आते दिखाई दिए। हट्टे-कट्टे हमाल ने दोनों सूटकेस सिर पर और दोनों बैग अपने कंधों पर लटका रखे थे। जल्दी-जल्दी सामान गाड़ी पर लाद कर सभी से विदाई ली। एंजलीना ने खुश हो कर हमाल को सौ रुपये पकड़ाए।

गाड़ी चल पड़ी तो देखा हमाल उनकी गाड़ी के पीछे-पीछे दौड़ा आ रहा है। एंजलीना को बहुत अजीब लगा। उसके पति ने चिढ़कर कहा कि ये छोटे लोग भी बड़े लालची होते हैं। अंकल के पैसे देने के बावजूद तुमने उसे बख्शीश दी और इस लालची को तो देखो कुछ और लेने के लिए पीछे दौड़ा चला आ रहा है। एंजलीना ने देखा वो हमाल हाथ फैलाएं लगातार गाड़ी का पीछा कर रहा था। भीड़भाड़ वाली इस मुख्य सड़क पर गाड़ी को रोकना भी मुश्किल था। ट्रेफिक की वजह से एक जगह गाड़ी की गति जरा धीमी पड़ी तो देखा हमाल गाड़ी के काँच को थपथपाकर खिड़की खोलने के लिए इशारा कर रहा है।

एंजलीना ने काँच खोलने के लिए हाथ बढाया ही था कि उसके पति ने रोक दिया। हमाल काँच थपथपाए ही जा रहा था तो एंजलीना ने काँच नीचे कर दिया। वह कुछ कहती इससे पहले हमाल ने हाथ खिड़की के अंदर डाला, एंजलीना की डर के मारे चीख निकल गई। ड्राइवर ने तब तक गाड़ी की रफ्तार बढा दी।

इससे पहले की कुछ समझ आता गाड़ी हमाल की पहुंच से बाहर निकल गई। यकायक हुई इस घटना से भौंचक एंजलीना ने अपनी गोद पर पड़ी किसी चीज को देखा तो शर्म और पीड़ा से भर उठी। तीन सौ रुपयों के तीन नोट के अलावा उसकी गोद में पड़ी थी एक बाँसुरी.....।

एंजलीना फिर वो बाँसुरी की तान भूल गई, बाँसुरी वाला याद रह गया जो आँसुओं भरी लाल आँखें लिए उसकी गाड़ी के पीछे दौड़ रहा था।

वाईस लेक

वो उन सब का सरदार था। जहाँ कहीं भी जाता, सब उस नायक के पीछे-पीछे जाते। जो कुछ भी वह कहता, सबों को मान्य होता। गली-मोहल्ले के सभी बच्चे उसे जोगी दादा कहकर पुकारते थे। वह उम्र में उन सबों से बड़ा था। वह अपनी मौसी के घर पढ़ने के लिए आया हुआ था, लेकिन उसको स्कूल जाते कभी किसी ने नहीं देखा। हाँ, जब कभी स्कूल में कोई उत्सव या खेल प्रतियोगिता होती तो बढ़-चढ़कर हिस्सा लेता था। उसके दिनभर स्कूल में पड़े रहने से मोहल्ले के बच्चों को खासी बोरियत होती, क्योंकि इंजन के बिना डब्बे बेचारे चुपचाप पड़े रहने के सिवा और कर ही क्या सकते थे। सब सुस्त हो जाते।

कभी कोई आगे बढ़कर कुछ योजना बनाता भी तो सब सिरे से नकार दिया करते और आपस में उलझकर मारपीट पर उतर आते थे। कुल मिलाकर जोगी दादा के बिना इन बच्चों को कुछ भी रास नहीं आता। उसमें कुछ तो खास था। रोज नये-नये जुगाड़ बैठाकर, कभी कहीं, कभी कहीं ले जाता। नये-नये खेल-तमाशे, नई-नई शैतानियां। बच्चे उसकी कठपुतली बन गए थे।

रोजाना सुबह मुँह में ब्रश दबाए वह अपने घर के बाहर रखी चौकी पर आ बैठता। पहले एक, फिर दो और यूं करते-

करते पूरी की पूरी चांडाल चौकड़ी वहाँ इकट्ठा हो जाती। रोज नये-नये ऐलान करता। कभी कहता, आज कन्या विद्यालय जायेंगे, वहाँ पेड़ों पर बहुत सारी नाशपाती, अंजीर और प्लम लगे हैं। दोपहर को वहाँ का चौकीदार सोता है तो बस उसी वक्त धावा बोलकर उसकी अशोक वाटिका ध्वस्त करेंगे।

रविवार की छुट्टी का बढ़िया इंतजाम हो गया, सोचकर बच्चे रोमांचित हो उठते। अपने घरों में पड़े किलो-दो किलो नाशपाती और प्लम छोड़कर जोगी दादा की वानर सेना कन्या विद्यालय की वाटिका लूटने निकल पड़ती। वहाँ का चौकीदार सचमुच खा-पीकर अपने परिवार के साथ चैन की नींद लेता मिलता। जोगी तब भी कोई रिस्क नहीं लेता, वह चौकीदार के कमरे का दरवाजा, बाहर से कुंडी लगाकर बंद कर देता।

बच्चे दादा के कहे अनुसार बिना आवाज किए पेड़ों पर चढ़ जाते, खूब छककर फल खाते और अपने-अपने घरों के लिए भी तोड़ लाते। जैसे-जैसे समय बीतता, शैतान बंदरों की आदत अपना रंग दिखाने लगती। दादा की दी सारी हिदायतें भूलकर वो चीखने-चिल्लाने लगते।

चौकीदार कभी सोया पड़ा रहता तो कभी जग जाता और बच्चे भाग जाते। ऐसे ही एक बार वह जाग गया। कमरे का दरवाजा बंद देखकर वहीं खिड़की पर खड़े होकर खूब गालियां देने लगा। बच्चे पेड़ों पर से छलांग लगा कर कूदे और ढलानों पर दौड़ने लगे।

सबको सही-सलामत भगाते-भगाते सरदार जोगी बेचारे को देर हो गई और वो चौकीदार की निगाहों में आ गए। खबर

घर तक पहुंचा दी गई। अगले दिन प्लम के जैसे लाल-लाल गाल लिए जोगी दादा कोई नई योजना ले आए मगर न जाने क्यूं चौकी पर बैठ नहीं पा रहे थे।

योजना थी, 'चौकीदार से बदला।'

ऐलान किया गया, अगले रविवार फिर कन्या विद्यालय मगर अबकी बार फल और पेड़ों की बजाय हमारा लक्ष्य होगा, 'चौकीदार।' बड़ी बेसब्री से अगले रविवार की राह देखी जाने लगी। रविवार की सुबह खास और गुप्त मीटिंग बुलाई गई, जिसमें छोटे बच्चों को आने की सख्त मनाही थी। जोगी दादा की टोली में छोटे-बड़े सभी साईज और उम्र के बच्चे पाये जाते थे।

लूटेरों का काफिला बड़ों की नजरों से बचते-बचाते फिर अलसाई-सी दोपहर को निकला। बड़ी सतर्कता के साथ सब अपने-अपने हथियारों को चेक करते हुए स्कूल की पहाड़ी पर पीछे की ओर से चढ़ने लगे। इस बार कोई खतरा नहीं उठाना चाहते थे। चौकीदार हमेशा की तरह भोजन करने के बाद अपने परिवार के साथ आराम फरमा रहा था। बाहर उसकी पालतू बकरी और मुर्गियाँ भी सुस्ताने में लगी थी। बाहर रस्सियों पर ढेर सारे धुले कपड़े सूख रहे थे।

जोगी के निर्देशानुसार सभी ने अपने-अपने हथियार एहतियात के साथ बाहर निकाले और हाथों में कसकर पकड़ लिए। जोगी के इशारे भर की देर थी कि सभी ने ढक्कन खोला और इंक पेन की स्याही को कपड़ों पर जोर से छिड़कना शुरू कर दिया। कुछ ही देर में सारे धुले कपड़ो की हालत देखने लायक थी। बिना किसी आवाज के ये सेना

जैसे आई थी वैसे ही वापस लौट गई। इस बार कोई सबूत नहीं छोड़ा।

बदला पूरा होने की खुशी में जोगी ने ऐलान किया, "आज दोपहर को सिनेमा देखने जायेंगे।" हर समय अपने निर्णय नहीं थोपता वह अपने चेलों पर, कभी-कभी शागिर्दों की राय भी ले लेता कि कौन सी सिनेमा देखनी हैं? सिंघानिया हॉल में लगी 'मनचली' या ड्रीमलैंड में लगी 'खोटे सिक्के'? फिर बच्चों की चांऊमांऊ से ऊबकर कहता, "जिसको जो देखनी है, उस सिनेमा का नाम लेने पर तुम अपना हाथ ऊपर उठाओ। वह चिल्लाया, 'मनचली' सारे हाथ ऊपर... उसने कहा, 'खोटे सिक्के' फिर सारे हाथ ऊपर।"

दादा ने मुंडी हिलाई और कहा ठीक है। किसी ने सवाल उठाया, लेकिन आज रविवार है बहुत भीड़ रहेगी। आज दादा तुम्हारा जुगाड़ नहीं चलेगा। दादा गंभीर हो गया मगर सबको डेढ बजे यही मिलने के लिए कहा। डेढ़ की जगह कुछ बच्चे तो बारह बजे ही तैयार होकर आ गए।

एक बजे, दो बजे, तीन बज गए मगर टीम के कैप्टन साहब नदारद। बच्चों की शक्लें कद्दू की तरह लटक कर लम्बी हो गईं। तभी जोगी दादा भुट्टा चबाते आराम से चलकर आते दिखाई दिए। इससे पहले की बच्चे शिकायत करते दादा ने यह कहकर खलबली मचा दी कि चलो-चलो, सिनेमा नहीं देखना क्या!!! 'अभी? अब तक तो आधी सिनेमा खत्म भी हो गई होगी', किसी ने मुरझाई आवाज़ में कहा।

जोगी दादा ने उसके कंधे फर हाथ रखकर कहा, भाई, तुमलोगों को दोनों सिनेमा देखनी है न... तो आधी-आधी

दोनों देखेंगे। दौड़ते हुए जब बच्चे सिनेमा हॉल पहुंचे तो इंटरवेल खत्म होने वाला था, बच्चे भीड़ के साथ हॉल में घुस गए। हॉल खचाखच भरा हुआ था तो गेट के पास ही खड़े होकर आधी सिनेमा देख ली। बच्चे जब सिनेमा देखने में मस्त थे तब जोगी गेट कीपर के साथ बैठकर खैनी मसल रहा था।

सिनेमा खत्म हुई कि बच्चों को लेकर जोगी दूसरे हॉल में पहुंच गया। वहाँ के मेनेजर से जाने क्या कहा कि उन्होंने गेटकीपर से कहकर बच्चों को सेकेंड क्लास में बैठा दिया। इंटरवेल तक जोगी दिखाई नहीं पड़ा। इंटरवेल होते ही उसने बच्चों को भेड़ बकरियों की तरह से खदेड़ना शुरू किया। "चलों यारों, वरना घर में तुम सब की विलेन जैसी कुटाई होगी। जाते ही सबके सब पढ़ने बैठ जाना। कोई पूछे तो कहना मिश्रा मास्टर जी के पास बैठे पढ रहे थे।"

अगले रविवार को दोनों फिल्मों के आधे बचे हिस्से भी कोई न कोई जुगाड़ लगा कर अपनी सेना को संतुष्ट कर देता।

इन सारे बच्चों का नियमित अड्डा था दादा की चौकी, मगर वहाँ घर-परिवार के लोगों की अनावश्यक दखलंदाजी उन्हें बरदाश्त करनी पड़ती। इस अड्डे के अलावा भी एक अन्य स्थान था जो सबको बेहद प्रिय और सुविधाजनक भी था। वहाँ पहुंच कर सभी प्रसन्नचित हो घंटों बैठे गपियाते रहते।

शहर के बीचोंबीच, अंग्रेजों के जमाने में बनी बड़ी ही मनोरम ये कृत्रिम झील वाईस लेक के नाम से जानी जाती

है। शहर के मुख्य बाजार से बिल्कुल करीब इस झील तक पहुंचने में इन शैतान, चपल और फुर्तीले बच्चों को बमुश्किल दस मिनट लगते। इनकी सभा, जब भी बड़े लोगों द्वारा डांट-डपट कर जबरन बरखास्त करा दी जाती, तो ये सारे बच्चे दौड़ते-फांदते, उछलते-कूदते वाईस लेक की खूबसूरत घुमावदार पगडंडियों, हरीभरी ढलानों और पहाड़ियों पर धमाचौकड़ी मचाने पहुंच जाते। चारों तरफ छोटी-छोटी पहाड़ियों से घिरी हुई इस झील को देखकर कोई भी प्रकृति प्रेमी दीवाना हो जाए।

झील के किनारे-किनारे बनी कच्ची, पतली मगर अत्यंत साफ-सुथरी पगडंडियां नागिन की तरह बलखाती हुई बेहद मनोरम लगती। इन्हीं पगडंडियों से लग कर ऊपर की ओर चढ़ती, कटी हुई पहाड़ियों के किनारे पर लगे रंग बिरंगे गुलाब, डहलिया, सेवंती, गेंदा और विभिन्न प्रकार के पहाड़ी फूलों को देखकर तो सैलानी दीवाने-से हो जाते। पहाड़ियों के दूसरे छोर से गुजरती काली, ऊँची-नीची और घुमावदार सड़कें और उन पर चलती गाड़ियों से झांकते लोग, सभी कुछ बहुत ही मनभावन लगता। झील, किसी एक कोने में बहुत संकरी-सी होकर एक अलग और छोटे से तालाब का स्वरूप ले लेती है और उसी में लगे ढेरों कमल के फूल ऐसा अप्रतिम दृश्य साकार करते कि घंटों निहारने के बाद भी मन नहीं भरता।

वाईस लेक के मुख्य गेट पर स्थानीय पहाड़ी महिलाओं द्वारा लगाई गई छोटी-छोटी दूकानें इन शैतान बच्चों का सबसे बड़ा आकर्षण रहती। इन दूकानों पर बिकने वाले काफल, अमरुद, संतरे, इमली, पैशन फ्रूट, शहतूत जैसे कई अन्य पहाड़ी खट्टे फलों के अलावा मछलियों के लिए मिलने

वाला चना और मुरमुरा इन बच्चों की कमजोरी थी। मछलियों के लिए दस-बीस पैसों के चने खरीद कर ये लोग उन्हें कम खिलाते, अपने पेट में ज्यादा डालते।

चना खाने के लिए मछलियाँ ऐसे उमड़कर आती कि सैकड़ों मछलियों के झुंड के झुंड स्वच्छ, नीले पानी की सतह पर आकर मुँह खोले उछलने लगते। झील के किनारों के अलावा झील के बीचोंबीच बने उस खूबसूरत से लकड़ी पुल पर भी ऊपर लोगों का और नीचे मछलियों का जमावड़ा हमेशा दिखाई देता। सबसे ज्यादा आकर्षण बच्चों में बोटिंग का रहता। बोटिंग करने के सुनहरे अवसर हालांकि कभी-कभी ही नसीब होते, वो भी जोगी महाराज की कृपा से। वरना घरवालों ने तो बोटिंग के नाम पर खाल ही खींच लेनी होती थी।

ऐसी सुंदर जगह पर ये बच्चे खेलने-कूदने के अलावा अपने सरदार जोगी दादा से किस्से-कहानियां भी सुनते। कभी-कभी बिना कुछ बोले भी सभी घंटों बैठे रहते। अक्सर स्कूल छूटने के बाद टोली के बड़े बच्चे यहाँ अपना अड्डा जमा लेते और नई-नई योजनाएं बनाते रहते।

इन्हें चौकी पर न पाकर छोटे उस्ताद भी अपने नायक को ढूंढते हुए आ जाते। इन्हें अचानक सामने पाकर जोगी सबको आगाह किया करता और कहता, "अरे जल्दी से अपनी-अपनी अगरबत्तियां बूझा दो।"

सभी घबराकर अपने हाथ आगे पीछे करते और मुँह छुपाने लग जाते। कभी-कभी बोतलों से कुछ दवाईयाँ भी पीते रहते और छोटे साथियों को उन्हें हाथ तक नहीं लगाने

देते। छोटे उस्तादों के लिए यह एक अनसुलझी पहेली ही थी कि ये सारे यहाँ आकर अगरबत्ती क्यों जलाते हैं और जली हुई अगरबत्तियां उन्हें कभी दिखाई क्यों नहीं देती। हाँ, एक बार जोगी दादा की पैंट की जेब में अगरबत्ती से आग लगी जरूर देखी जमूरों ने।

दूसरी पहेली कि ये सारे एकसाथ बीमार कैसे हो जाते हैं जो इकट्ठे बैठ कर बोतलों में दवाईयाँ गटकते हैं। खैर!! यहाँ बनी योजनाओं के अनुसार ये सभी बच्चे रोज नई खुराफातें करते, कभी बच जाते, कभी पकड़े जाते। जोगी दादा कहते तो नहीं थे मगर अक्सर उनकी धुलाई होती रहती थी। वह बच्चों के सामने बड़ा रोब झाड़ते रहते और कुछ भी ठीक-ठीक नहीं बताते थे इसलिए बड़े रहस्यमय भी लगते।

एक दिन अचानक जोगी गायब हो गया। उड़ती-उड़ती खबर बच्चों के कानों में भी पड़ी कि जोगी अपनी मौसी के गहनों की पेटी और मौसा के बहुत सारे रुपये लेकर बंबई भाग गया। बच्चों के गुट में गम की लहर दौड़ गई। अब दोपहरिया सूनी-सूनी रहती। चौकी बेचारी खुद ही अकेली चौड़ी होकर पड़ी रहती। अब बच्चों का शोरशराबा, उछलकूद और धमाचौकड़ी सब बंद। बच्चे बेचारे उकताकर दोपहर से ही पढ़ने बैठ जाते। जहाँ बच्चे उदासीन हो गए थे वहीं उनके माता-पिता बहुत राहत महसूस कर रहे थे कि चलो बला टली।

जोगी का जितना बच्चों में नाम था, बड़ों में वह उतना ही बदनाम था। अपने नायक के बिना बच्चों की जिंदगी बिल्कुल नीरस हो गई। वे आपस में चर्चा करते कि आखिर कहाँ गया होगा वो? उसने ऐसा क्यों किया? क्या करता

होगा? इन ढेरों सवालों के बीच बच्चों के मन में एक उम्मीद का दीया टिमटिमा रहा था। वे सोचते, किसी दिन जोगी हीरो बन कर किसी सिनेमा में जरूर दिखाई देगा। अपना जोगी हीरो बनेगा! जोगी उन बच्चों को किसी हीरो से कम नहीं लगता था। अब तो वह बंबई में ही है जरूर सिनेमा में काम करने ही गया होगा।

सालों बाद, एक रविवार शोर मचा कि जोगी लौट आया है। उत्सुकतावश सभी उसके घर की तरफ भागे, देखा तो जोगी से लिपटकर उसकी मौसी फूट-फूटकर रो रही है। उसके मौसा भी वहीं खड़े बिलख रहे है। आसपास के अपने-पराए लोग खड़े-खड़े उनका यह राम-भरत मिलाप देख रहे थे। जोगी के दीवाने ये सभी बच्चे जो अब बच्चे नहीं रहे, दंग होकर देख रहे थे कि इन आठ-दस सालों ने जोगी की काया ही पलट दी। दरअसल अगर कोई नहीं बताता तो वो सब उसे पहचान ही नहीं पाते।

दुबला-पतला, नरकंकाल जैसा शरीर, काला रंग, नीले फटे होंठ, माथे पर चाकू की मार जैसा गहरी चोट का निशान, वैसा ही एक छोटा निशान दाहिने गाल पर भी और बहुत ही पुराने बदरंग कपड़े थे उसके बदन पर। कुछ देर बाद जब सब थोड़े शांत हुए तो बचपन के दोस्तों को मौका मिला, अपने बिछड़े नायक से मिलने का।

जोगी ने उन्हें देखकर जरा अकड़कर खड़े होने का प्रयास तो किया मगर वो रुआब जो वह पीछे छोड़ गया था आज कहीं भी नजर नहीं आया। बड़ी फीकी-सी मुस्कुराहट के साथ सभी साथी बहुत ही औपचारिक ढंग से मिले। दरअसल उनके पास पूछने और बताने के लिए कुछ बचा ही नहीं।

जोगी फिर से अपने नि:संतान मौसा-मौसी के साथ रहने लगा। अब वह ज्यादातर घर में ही रहता। उसके मौसा के कहने पर एक दो लोगों ने उसे कुछ छोटे-मोटे काम दिए भी, लेकिन दिनभर खाँसते जोगी को जल्दी ही हर काम से छुट्टी मिल गई। जोगी दादा के दीवाने वो सभी बचपन के मित्र भी उससे कन्नी काटने लग गए। कभी कभार रास्ते में दिख भी जाता तो सड़क पार कर रास्ता बदल लेते। वह पुराने परिचित लोगों से कभी कोई काम, तो कभी पैसे माँगा करता। नतीजतन लोग उससे दूर भागने लगे।

शहर में ऑटम फेस्टिवल की तैयारियां पूरे जोर-शोर से चल रही थी। हमेशा की तरह सभी लड़कों ने मिलकर वाईस लेक जाने का प्रोग्राम बनाया। किसी ने जोगी को भी याद किया कि किस तरह बचपन में उसके साथ घंटों झील के किनारे सब समय बिताया करते थे। यह सुन कर सभी बिदक गए। बात आई- गई हो गई। सुबह दस बजे से लोग लेक पर जमा होने लगे। लड़के भी तैयार होकर पहुंच गए।

इस फेस्टिवल के दौरान लेक की सजावट देखते ही बनती है। पेड़ों की डालों पर लपेटी गई बिजली के बल्बों की लड़ियाँ, पेड़ की शाखों पर उल्टी लटकी रंग-बिरंगी छतरियाँ, ढलानों पर करीने से सजाएं गई कागज के फूलों की लड़ियाँ और सफेद लकड़ी के पुल पर बैलूनों की सजावट देखते ही बनती। झील में बोटिंग के लिए लंबी-लंबी कतारें लगी रहती।

इस दौरान इमली और भुट्टों के अलावा समोसे, पेस्ट्री, चाऊमीन के स्टॉल भी लगते। इन्हीं सबका आनंद लोग उठा रहे थे कि कमलताल के कुछ ही आगे बड़ा शोर-सा मचा। सारे लोग उधर भागे। थोड़ी ही देर में वहाँ सायरन बजाती

पुलिस की गाड़ियां भी आ गईं। दौड़ते हुए सभी पुलिसकर्मी उसी तरफ जा रहे थे। ऐसी भगदड़ से घबराकर लड़के, जो कमलताल के करीब पहुंच गये थे वापस लौटने लगे। तभी उनमें से एक ने बड़ी बचकानी- सी हरकत की। अपने साथ डर-डरकर चलते एक साथी से कसकर लिपट गया। वह थरथर काँप रहा था। क्या हुआ? क्या हुआ?.....बार-बार पूछने पर उसने काँपती ऊँगली से एक तरफ इशारा किया। सबने उस तरफ देखा। गोताखोर एक आदमी को झील में से निकाल कर ला रहे थे। उसकी कमीज और सूरत देखकर सबकी घिग्घी बंध गई। उन्होंने बार-बार आँखें मिचमिचाकर देखा। वो उनके जोगी दादा थे।

वो उनके जोगी दादा ही थे। शायद रात भर पानी में डूबे रहने के कारण नरकंकाल- सा दिखाई देने वाला जोगी अभी फूल कर कुप्पा हो गया। आज फिर उसकी अकड़ देखने लायक थी, इसीलिए तो सारी भीड़ उसको ही देख रही थी।

हमेशा की तरह, भले ही वो थोड़ी देर से आया मगर अपने बचपन के साथियों का साथ आज भी उसने नहीं छोड़ा। अपनी पसंदीदा जगह वाईस लेक में आज भी वह अपने नन्हे दोस्तों के साथ उपस्थित था।

अहसास

किसी तेज आवाज से उसकी नींद खुल गई। कुछ देर तो उसे समझ ही नहीं आया कि वो कहाँ है। अपने घर के बजाए कुछ अनजानी- सी जगह पर खुद को पाकर वह घबरा गई। अगले ही पल उसे अपने आप पर झुंझलाहट हुई। 'क्या मैं भी? जब घर पर थी तो हॉस्टल की जिद लगाए बैठी थी और अब हॉस्टल में आ गई तब घर के ख्यालों में डूबी हूँ।' वह कमरे से बाहर निकली। गलियारा पार किया और चौंककर चारों तरफ देखा..।

हॉस्टल की इस लम्बी-सी डॉरमेट्री में इतनी जोर का शोर कहाँ से पैदा हो गया। टिमटिमाती हल्की- सी रोशनी में उसे अजीब सी हलचल दिखाई दी। ऊँची आवाज में कहीं संगीत भी बज रहा था। उसके हाथ दीवाल पर रेंगने लगे। अंत में बिजली के बटन हाथ आ ही गए। उसने पहला, दूसरा और फिर तीसरा बटन दबाया कि कमरा रोशनी से नहा उठा। सामने का दृश्य देखकर वो हकबका गई और यूं अचानक आँखें चौंधियाने वाली रोशनी में खुद को बेनकाब पाकर वे सभी लड़कियां भी सकते में आ गई।

वार्डन की जगह हंसा को पाकर सभी की जान में जान आई और सब फिर से सहज होकर अपने आप में मस्त हो गई। मगर हंसा गहरे सदमे में थी। उसने जो दृश्य अभी देखा, उसे अपनी आँखों पर विश्वास नहीं हो रहा था। चारों

तरफ उठता धुँआ, अजीब-सी महक, हर किसी के हाथों में बोतलें, सिगरेट....

गर्ल्स हॉस्टल में इतने लड़के कहाँ से आ गए? हॉस्टल की ये लड़कियां छोटे-छोटे कपड़ों में अर्धनग्न होकर क्या कर रही हैं इन अजनबी लड़कों के साथ। अरे, इनके हाथों में ये क्या है? उसे भौचक्का देख लड़कियाँ हँसने लगी।

"ओ कम ऑन हंसा! लेट्स एंजॉय द पार्टी एंड लाईफ" उसकी रूममेट ने उसके कंधे पर जोर से हाथ मार कर कहा। उसके मुँह से शराब की बदबू आ रही थी।

हंसा इस बदबू से अच्छी तरह वाकिफ है। गांव में उसके एक पड़ोसी दिनरात शराब के नशे में धुत्त रहते है। रात-दिन उनके घर में शोर मचा रहता, कभी कहासुनी तो कभी मारपीट। कभी शराब के नशे में बीवी-बच्चों का सिर फोड़ देते तो कभी उनके हाथ-पैर प्लास्टर में बंधे दिखाई देते।

हंसा और उसके भाई-बहनों को उनके घर आने-जाने की सख्त मनाही थी। हाँ, ये सभी भाई-बहन अक्सर अपने मकान की छत से उनके आँगन में ताँकझाँक किया करते। बचपन में तो उनके घर का हूबहू दृश्य बहुत ही नाटकीय ढंग से उभारा जाता और आपस में मिलकर बच्चे खूब ठहाके लगाया करते। लेकिन बड़े होने के साथ ही सबको सही-गलत की समझ आ गई। अब स्वयं ही सबने उस घर से उचित दूरी बना ली। वैसे भी, ऐसी ही बातों से डरकर उसके माता-पिता ने बड़े भाईयों को शहर पढ़ने नहीं भेजा।

हंसा इस खानदान की पहली बच्ची है जो पढ़ने के लिए शहर आई है। हंसा के पीछे इस सम्मिलित परिवार की कम

से कम आठ-दस लड़कियां आस लगाए बैठी हैं कि आगे चलकर उन्हें भी शहर में उच्च शिक्षा प्राप्त करने का अवसर मिलेगा। हंसा बहुत संघर्ष करके शहर पहुंची है। पढ़ने में वह सदा से ही तेज रही। गांव में बारहवीं तक ही पढ़ने की सुविधा है। बारहवीं में आते ही हंसा को आगे की पढ़ाई की चिंता सताने लगी। घर में जब भी वह इस बात का जिक्र करती एक ही वाक्य के साथ उसका मुँह बंद करवा दिया जाता- 'जितना पढ़ना था हो गया, अब घर के कामकाज सीखो।' जिस दिन हंसा ने शहर जाने की बात की उस दिन तो घर में कयामत ही आ गई।

महीनों की मशक्कत और हाथ-पैर जोड़ने के बाद किसी तरह हंसा अपने माता-पिता को मना पाई। बड़े भैया अभी भी अड़े हुए थे कि इस घर से कोई भी शहर-वहर नहीं जायेगा। शहर जाकर लड़कियां बिगड़ जाती हैं। वहाँ आवारा लड़के पान, बीड़ी, सिगरेट जैसी वाहियात चीजों का सेवन करते हैं।

इस बात पर हंसा ने व्यंग से कह दिया कि गांव में भी तो ऐसे काम बड़े धड़ल्ले से हो रहे है। हंसा का इशारा पड़ोसी की तरफ था। इस बात पर भैया भड़क गए और गुस्से से आग बबूला हो कर हंसा पर हाथ ही उठा लिया। कहने लगे, "अभी तो शहर गई भी नहीं है कि इसे पर लग गए और जुबान चलने लगी, शहर चली गई तो हाथ से गई समझो। किसी दिन वरमाला गले में डालकर किसी शहरी बाबू के साथ खड़ी मिलेगी दरवाजे पर। अभी कह देता हूँ संभल जाइए। आज ये उछल रही है कल को बाकी भी इसके दिखाए रस्ते पर चलेगी।" भैया जो सो मुँह में आ रहा था बक रहे थे। माँ रोए जा रही थी और बाबूजी माथा पकड़े बैठे थे। बेटे की सुने या बेटी का भविष्य सोचे?

हंसा बुरी तरह से डर गई थी कि कहीं मने-मनाए बाबूजी भैया की बातों में न आ जाएं। रोते-रोते उसने भैया के पाँव पकड़ लिए और आश्वासन दिया कि वह ऐसा कुछ भी नहीं करेगी जिससे उनको शर्मसार होना पड़े। वह शहर सिर्फ पढ़ाई करने के लिए जा रही है और एक दिन पढ़-लिख कर उन सब का नाम रोशन करेगी। भैया ने उसकी तरफ देखना और बोलना भी छोड़ दिया।

हंसा अब मेडिकल कॉलेज के प्रथम वर्ष में पढ़ रही है। पहले वर्ष कॉलेज के हॉस्टल में जगह नहीं मिलने के कारण उसे बाहर किसी प्राइवेट हॉस्टल में रहना पड़ा जहाँ मेडिकल कॉलेज के छात्रों के अलावा दूसरे कोर्सेज की लड़कियाँ भी रहती हैं। ग्रामीण परिवेश की होने के कारण उसे शहरी बच्चों से तालमेल बैठाने में बड़ी जद्दोजहद से होकर गुजरना पड़ा। धीरे-धीरे ही सही, वह सबसे घुलमिल गई, मगर अभी भी ग्रामीण और शहरी रहनसहन का फर्क साफ-साफ नजर आता है।

एक महीने में ही समझ में आ गया कि हंसा पढाई में इन शहरी बच्चों से बहुत आगे है, इसलिए सभी उसको बड़ा मानने लगे। जाहिर-सी बात है कि जो पढ़ने-लिखने में होशियार होगा, वो दिन-रात पढ़ाई में ही उलझा रहेगा। बाकी लड़कियां अपना समय कैसे और कहाँ बिताती हैं इस बात से हंसा पूर्णतः बेखबर थी।

आज का यह दृश्य देखने के बाद हंसा को गुस्से से तमतमाए भैया याद आ गए। भैया तो लड़कों के शराब-सिगरेट पीने की बात से खौफजदा थे। यहाँ तो लड़कियाँ भी। भैया से नफरत-सी करने लगी हंसा को आज अपने आप पर

शर्म आने लगी। उन्हें अपनी बहन की फिक्र थी, इसलिए वो मना कर रहे थे। तभी एक दूसरे ख्याल ने हंसा को विचलित किया, "भैया को फिक्र थी बहन की लेकिन भरोसा नही था।"

अगले पाँच सालों में हंसा ने कई मरतबा कमजोर लम्हों का सामना किया। उसके सामने, उसी की उम्र के बच्चे अपना जीवन मौज-मस्ती और मर्जी से बिंदास जी रहे थे। उसे बरगलाने वाले दोस्त और दुश्मन भी बहुतेरे थे। वह दूसरों को ही सिर्फ दोष नहीं दे सकती, वह स्वयं भी कई बार कमजोर पड़ी। कभी लालसाएं उसे भी अपनी गिरफ्त में लेने की भरसक चेष्टा करती और कभी-कभी उसकी जिंदगी का ऊबाऊपन धक्के मार-मार कर कहता, "जा बावली जा, फिर पछताओगी, ये दिन फिर कभी नहीं आयेंगे। तू भी मना ले मौज मस्ती।"

ऐसे कमजोर क्षणों में भी हंसा को माँ के आँसू और बाबूजी का विश्वास से दमकता उजला चेहरा दिखाई देता। दरवाजों के पीछे छुपकर, घर में उसकी पढ़ाई को लेकर होने वाले हंगामे को देखने वाली हंसा की डरी-सहमी छोटी बहनें दिखाई देती और फिर दुनिया की कोई भी बुराई, कोई भी कमजोरी, लालच, झांसा, धोखा या स्वार्थ उसे हरा नहीं सका। इन सबसे ज्यादा यदि किसी चीज ने हंसा का मनोबल टूटने नहीं दिया तो वो था बड़े भैया का अविश्वास....।

जिस दिन हंसा मेडिकल की डिग्री हासिल कर गांव वापस आई उस दिन सिर्फ उसकी बहनों का भविष्य ही नहीं बल्कि पूरे गांव की लड़कियों का भविष्य भी सुनिश्चित और सुरक्षित हो गया।

दमयंती

दरवाजे पर दस्तक सुनते ही दमयंती उछल पड़ी, मानो उसके पैरों में स्प्रिंग लगे हों। उसका दिल जोरों से धड़कने लगा। धड़कन की गति से भी तेज दौड़कर वह दरवाजे की ओर लपकी लेकिन तब तक इंदू ने दरवाजा खोल दिया। दरवाजे पर भुवन बाबू ही थे। हँसते हुए बहन के सिर पर थपकी मारी और कहा - "क्या हाल है पगली....?"

इंदू चिढ कर बोली, "भैया! फिर पगली कहा आपने।" भुवन बाबू खिलखिलाकर हँस पड़े। दमयंती ने कनखियों से देखा, भुवन बाबू के माथे पर पसीने की बूंदों के साथ-साथ उनके घुंघराले बाल भी झूल रहे थे। भुवन बाबू एक सुदर्शन व्यक्तित्व के मालिक हैं।

लम्बा कद, खिलाड़ियों के जैसा सुगठित बदन, गोरी रंगत और घुंघराले बाल। चंदन रंग की कमीज और काली पतलून में आज वह किसी फिल्मी हीरो से कम नहीं लग रहे थे। दमयंती को याद आया कि कैसे उसकी शादी के समय उसकी सारी सहेलियाँ भुवन बाबू की दीवानी होकर आहें भर रही थी। दमयंती अपनी सोच से ही शरमा गई।

उसने देखा, भुवन बाबू अपने जूते-चप्पल उतारकर हाथ-पांव धोने नल की ओर बढे। दमयंती तौलिया ले उनके करीब जाने की सोच ही रही थी कि इंदू तौलिए के साथ नल के

पास दिखाई दी। वह रसोई से गिलास में ठंडा पानी भर लाई। तौलिए से हाथ पौंछते हुए भुवन बाबू ने कनखियों से दमयंती की ओर देखा तो वह सिहर उठी।

वहीं आँगन में चौकी पर लेटी सासू माँजी ने उठते हुए बहू से कहा, "अब क्या सिर पर ही खड़ी रहोगी। पानी रखो और जल्दी से गरम रोटियां सेंको, भूखा होगा मेरा लल्ला। बेचारा! दिनरात मेहनत करता है। जाओ भई, फटाफट खाना परोसकर लाओ।"

झिझकती दमयंती ने पानी का गिलास चौकी पर रखा और रसोई में चली आई। चूल्हे की आग ठंडी पड़ गई थी उसे फिर से सुलगाया, गर्म रोटियां सेंक कर दो थालियाँ परोसी। माँ-बेटे ने मिलकर खाना खाया। इंदू उन्हें खाना खिला रही थी फिर वह भी थाली परोस कर खाने बैठ गई। कुछ देर माँ-बहन से बातचीत कर भुवन बाबू ऊपर अपने कमरे में चले गए।

अभी, आठ दिन पहले ही दमयंती इस घर में दुल्हन बन कर आई है। अब तक घर मेहमानों से भरा पड़ा था। कल ही अंतिम मेहमान विदा होकर गए हैं।

नई नवेली दुल्हन ने जल्दी-जल्दी रसोई समेटी और बर्तन धोने बैठ गई। हालांकि उसका मन तो दौड़कर ऊपर अपने कमरे में जाने को कर रहा था। मगर माँजी की सख्त ताकीद थी कि बर्तन रातभर जूठे न छोड़े जाएं। अब तो पेट में चूहे भी दौड़ने लगे। किसी ने उससे भोजन करने के लिए न कहा न पूछा, इसलिए संकोचवश वह भूखी ही रह गई।

ऊपर कमरे में जाने के उत्साह से भरी दमयंती का ध्यान जल्द ही पेट में मची कुड़कुड़ की ओर से हट भी गया। बर्तनों का काम खत्म हुआ ही था कि माँजी ने आवाज लगाई, "दुल्हन, गर्म-गर्म दूध भर गिलास दे दो सबको।"

बौखलाई सी दमयंती दूध गरम करने लगी। तीन गिलास में दूध भरकर रसोई से सटे माँजी के कमरे में ले आई। तीन ही गिलास दूध देखकर माँजी ने आश्चर्य से पूछा, "क्यों दुल्हन, तुमने दूध पी भी लिया?"

अब दमयंती की आँखों में आँसू भर आए, जी चाहा जोर से कह दे कि मुझे तो अभी तक खाना ही नसीब नहीं हुआ मगर हाय री शरम, बस धीरे से ना में गर्दन हिला दी।

"क्यों दूध नहीं पीते तेरे मायके में?" माँजी ने त्योरियां चढाकर पूछा।

उसने धीमें से कहा "पीते हैं।"

उन्होंने अगला प्रश्न किया, "तो फिर? ज्यादा भोजन कर लिया क्या?"

दबीजुबान में आखिर दमयंती ने कह ही दिया कि उसने अभी तक भोजन नहीं किया।

"हरे कृष्ण! हरे कृष्ण!!! बड़ी ही सुस्त हो दुल्हन तुम भी। अब क्या यही सिर पर खड़ी रहोगी, जाओ, खाना खाओ। वरना तुम्हारे मायके वाले कहेंगे कि हमारी बेटी को भूखा रखते हैं।"

रेस के घोड़े-सी दौड़ पड़ी दमयंती, जल्दी से थाली परोस कर गपागप भोजन पेट के हवाले किया। अपनी थाली-कटोरी धोई और दबे-पाँव सीढ़ियों की ओर जाने ही लगी कि माँजी ने पुकारा, अरी दुल्हन! जरा देर मेरे पाँव तो दबाती जा। बड़ा दर्द करते हैं। पहले तो इंदू दबाया करती थी अब तू आ गई है तो......। दमयंती पैर दबाने बैठ गई। बैठते ही आराम मिला तो आँखें बोझिल होने लगी। एक-आध बार झपकी लग गई तो माँजी ने पैर पटककर कहा, "हाथों में जान नहीं है क्या?" जैसे ही लगा कि माँजी की आँख लग गई दमयंती हौले से उठी और कमरे से निकल कर दो-दो सीढ़ियां उलांघती उपर अपने कमरे में चली आई।

इधर माँजी बड़बड़ा रही थी, "ये आजकल की लड़कियां भी बड़ी ही बेसब्र और कामचोर होती हैं।"

इधर दमयंती ने देखा कि कमरे की बत्ती तो जल रही है मगर भुवन बाबू सो गये। बुझे मन से बत्ती बुझाकर वह भी बिस्तर पर लेट गई। खिड़की से आती चाँद की रोशनी भुवन बाबू के चेहरे पर पड़ रही थी। दमयंती ने देखा तो बड़ा प्यार आया। दिल किया, गुदगुदा कर जगा दूं या खुद लिपटकर सो जाऊं। मगर स्त्रियोचित लज्जा और भुवन बाबू के गंभीर स्वभाव ने उसे ऐसा करने से रोक दिया।

वह याद करने लगी कि किस तरह वह अपने बड़े भैया को तंग किया करती थी। अक्सर उन्हें सोते से जगा देती फिर भैया नकली गुस्सा दिखाकर उसे मारने दौड़ते।

इस पर माँ झुंझला कर कहती, "ओफ्फो!! कब बड़ी होगी ये दम्मो। अरी, ससुराल जाकर ये सब मत करना। बड़ी जग हँसाई होगी।"

इस बात पर दमयंती रूठ जाया करती कि अम्मा जब देखो तब उसे ससुराल भेजने का ही सोचती रहती है। इस पर भैया भी अम्मा की तरफदारी करने लगते और कहते, "जल्दी से पिंड छुड़वाओ इस मुसीबत से। अम्मा ये मुझे आराम से सोने भी नहीं देती। जिस दिन यह ससुराल जायेगी उस दिन मैं चैन की नींद सोऊंगा।"

पैर पटकती दम्मो रुआंसी हो बाबूजी के कमरे में जाकर खड़ी हो जाती। काम करते बाबूजी चश्मे के उपर से झांकते हुए पूछते, "किसने सताया हमारी बिटिया को?"

ये सुनते ही दम्मो दौड़कर बाबूजी से लिपटकर रोने लगती और फिर शुरू होता शिकायतों का दौर...और फिर माँ-भैया की क्लास लेते बाबूजी। बड़े मान-मनौव्वल के बाद माँ भैया से समोसे मँगवा कर कहती, "चल, खा ले नकचढी।" फिर बाबूजी से भी कहती, "बेटी को इतना सर चढाना ठीक नहीं है। आगे चलकर इसे ही परेशानी होगी।" बाबूजी सदा ही हँसकर अम्मा की बात टाल जाया करते। इन ख्यालों में खोई दमयंती को न जाने कब नींद ने अपने आगोश में ले लिया।

सुबह किसी खटपट से दमयंती की आँख खुली तो देखा भुवन बाबू नहा-धोकर तैयार भी हो गये। दमयंती घबराकर इस तरह बिस्तर से उतरी कि गिरते-गिरते बची। दमयंती की हड़बड़ाहट देख कर भुवन बाबू ने बताया कि वह अपने किसी वरिष्ठ अधिकारी को लेने रेलवे स्टेशन जा रहे हैं। नाश्ता पानी उनके साथ ही होगा।

दमयंती ट्रेन की तरह दौड़ती-भागती, नहा-धोकर नीचे उतरी तो सामने चौकी पर माँजी को न पाकर राहत की सांस

ली। आनन-फानन में उसने रसोई का काम समेटा ही था कि इंदू कंघा ले आई, "भाभी स्कूल को देर हो रही है, जरा तुम चोटियाँ गूंथ दो।"

बड़े स्नेह से दमयंती उसकी चोटियाँ गूंथने बैठे गई। पहले चोटियाँ कौन बनाता था पूछने पर इंदू बोली कभी-कभी अम्मा और अक्सर भैया ही बनाया करते थे क्योंकि अम्मा की बनाई टेढी-मेढी चोटियाँ इंदू को पसंद नहीं आती थी। भैया चोटी बनाते थे जानकर दमयंती को बड़ा आश्चर्य हुआ।

क्षण भर के लिए एक दृश्य उसकी आँखों से होकर गुजर गया, दमयंती ड्रेसिंग टेबल के सामने बैठी है और भुवन बाबू उसकी चोटी गूंथ कर उसमे गुलाब का फूल लगा रहे है। इस ख्याल से दमयंती को जोर की हँसी आ गई। भाभी को हँसता देख इंदू भी हँसने लगी।

दोनों ननद-भावज को हँसते-बतियाते देख, नहाकर आई अम्मा खीज पड़ी, "ये क्या खीं-खीं लगा रखी है सुबह-सुबह। कोई काम-धाम नहीं है क्या। ऐसे लक्षण होते हैं क्या बहू-बेटियों के। दुल्हन, अपने बुरे लक्षण इंदू को तो मत सिखाओ। इसे भी ससुराल जाना है। सबको मेरी जैसी सरल हृदया सास नहीं मिलती।" घबरा कर दमयंती रसोई में चली गई और इंदू बड़बड़ाते हुए स्कूल।

एक शाम भुवन बाबू हाथ में एक पत्र लिए आए। मँझली बुआ के बेटे की शादी का समाचार सुन जहाँ इंदू खुशी से उछल पड़ी वहीं माँजी ने मुँह बनाया कि लो आ गया सिर पर एक और खर्चा। कहने लगी, "अब फरमाइशें शुरू होंगी, ये चाहिए वो चाहिए। तेरे बाबूजी तो चले गए, पीछे इन

जोंक की तरह खून चूसनेवाली बहनों को छोड़ गए मेरे लिए। जब हमें जरूरत थी तो किसी ने मदद नहीं की। भुवन को किस तरह से मैंने पढ़ाया-लिखाया है ये मैं ही जानती हूँ। इस इंदू बेचारी को तो भरपेट दूध भी नसीब नहीं हुआ। जब उनकी बारी थी कुछ करने की तो सब को साँप सूंघ गया। किसी ने हमारा हाल तक नहीं पूछा। अब मेरा लल्ला अपने पैरों पर खड़ा हो गया, रुपये पैसे कमाने लगा तब सब प्रेमपत्र लिख-लिख कर भेज रहे हैं। मेरा तो रत्ती भर मन ना है जाने का, पर लोक दिखावा तो करना ही पड़े है। तुम और दुल्हन चले जाना। मैं विधवा क्या करुंगी शगुनों वाले घर में।"

माँजी जैसे किसी नशे में लगातार बड़बड़ाए जा रही थी। भुवन बाबू सर झुकाए सुनते रहे और फिर हौले से माँ के नजदीक आकर बैठ गए। कहने लगे, "जाने दो माँ, उनको जो करना था उन्होंने किया मगर हमारा जो फर्ज बनता है हमें करना चाहिए। आखिर बाबूजी की बहनें हैं। रुपये-पैसों की आप चिंता न करें, सब हो जाएगा।"

कई देर तक इस ब्याह में जाने को लेकर चर्चा होती रही। माँजी कभी नाराज होती तो कभी रोने लग जाती। दोनों भाई-बहन माँ को समझाने में लगे रहे। रसोई में खाना बनाती दमयंती को कोई बात समझ आ रही थी कोई नहीं। हाँ! भुवन बाबू के साथ ब्याह में और वो भी किसी और शहर में जाने की बात सुन दमयंती रोमांचित हो उठी।

बाहर चल रही बातों से उसका ध्यान हट गया। उसने तो सपनों के घोड़े दौड़ाने शुरू कर दिए। इन घोड़ों को लगाम लगाई इंदू ने, जो चहक-चहककर बता रही थी कि बुआ के

घर शादी में भैया न जा सकेंगे। इसलिए आप, मैं और अम्मा जायेंगे।

ये सुनते ही दमयंती के उत्साह पर ठंडा पानी पड़ गया। भुवन बाबू के दफ्तर में अति आवश्यक काम की वजह से उनका जाना संभव न हो सकेगा, यह जानकर दमयंती उदास हो गई। तभी बाहर माँजी को कहते सुना कि भुवन को यहाँ अकेले खाने-पीने की तकलीफ होगी इसलिए दुल्हन भी यहीं रह जायेगी। यह सुनकर खुशी के मारे दमयंती के हाथ से दूध का भगोना छूट गया।

माँजी चिल्लाई, "अरी! कमबख्त मारी, क्या पटक दिया? हाथों में दम ना है। खाना तो ठूंस-ठूंस कर खाती हो फिर दो किलो का भगोना न उठे तुमसे।"

आज माँजी की चीख-पुकार बड़ी मीठी-मीठी सी लगी वरना अब तक तो उसकी आँखों से गंगा-जमुना बहने लग गई होती। बावली सी होकर वह मन ही मन गाने लगी, "पिया का ये घर है मैं रानी हूँ, रानी हूँ मैं घर की.....।"

आज सुबह तड़के ही उठकर उसने माँजी और इंदू के लिए ट्रेन का खाना बनाया। पूड़ी, आलू-प्याज की सूखी सब्जी, अचार, मीठा इत्यादि डब्बे में भरकर थैले में रखा। थोड़ी देर में ही साईकिल रिक्शा आ गया। भुवन बाबू उन्हें छोड़ने रेलवे स्टेशन चले गए।

माँजी और इंदू हफ्ते भर के लिए बुआजी के घर रहने वाली हैं। उन्हें विदा करने के बाद दमयंती जल्दी-जल्दी अपने कमरे में आई। उसने अलमारी खोली और साड़ियों को देखने लगी। बहुत देर सोचने के बाद उसे लगा, शायद भुवन बाबू

को लाल रंग पसंद है क्योंकि जब इंदू ने लाल रंग की सलवार कमीज पहनी थी तो उन्होंने खूब तारीफ की थी। शादी हुए समय हो गया मगर उन दोनों के बीच वो तारतम्य बैठा ही नहीं कि एक दूसरे को जान समझ सकें।

दमयंती ने बड़े सलीके से लाल रंग की साड़ी पहनी। लाल चूड़ियाँ, माथे पर लाल बिंदी और मांग में सिंदूर भरकर खुद को आईने में निहारा तो शरमा गई। होठों पर थोड़ी सी लाली लगाई और सोच में डूब गई और जागती आँखों से ख्वाब देखने लगी.....

'भुवन बाबू ने दरवाजा खटखटाया, स्लो मोशन में भागती हुई दमयंती ने जैसे ही दरवाजा खोला भुवन बाबू खुशी से दिवाने हो गए। उन्होंने झूमकर दमयंती को गोद में उठा लिया और...और......' दरवाजे पर बजती जोरदार थाप ने उसको नींद से जगाया। उसने सोचा, इतनी जल्दी आ गए? भुवन बाबू आ गए....

वह दौड़ते हुए दरवाजे पर पहुंची, थोड़ा रुक कर अपना आँचल ठीक किया, अपनी सांस काबू में की और फिर दरवाजे की चिटखनी खोल दी। उसकी सांसें धौकनी की तरह चल रही थी, हाथ-पैर ठंडे हो गए। उसको अजीब-सी हालत में देख भुवन बाबू भी मुँह फाड़े खड़े थे। एक क्षण को लगा दोनों का हृदय स्पंदन थम गया।

दमयंती अपनी जगह पर जड़ सी खड़ी सिर्फ भुवन बाबू को देखे जा रही थी। इससे पहले की कोई कुछ कहता पीछे से एक चिरपरिचित आवाज सुनाई दी, "दरवाजे से हटेगी भी या दिनभर यहीं खड़ा रखेगी।"

भुवन बाबू सकुचाते हुए एक तरफ हो गए और पीछे से माँजी मुँह बनाए अंदर घुसी। उनके पीछे-पीछे रुंआसी सी इंदू, अब रोई तब रोई सी। दमयंती सुन्न हो गई, कभी इधर कभी उधर ऐसे देख रही थी जैसे किसी अनजानी दुनिया से होकर आई हो।

अब तक माँजी घुटनों को सहलाती चौकी पर विराजमान हो चुकी थी। "कोई पानी-वानी भी पिलाएगा या नहीं?" यह सुन कर दमयंती की चेतना वापस लौट आई और वह तुरंत पानी के गिलास भर लाई।

पानी पीते-पीते इंदू ने भाभी को गौर से देखा तो उछल पड़ी - "हाय राम!!! ओ मेरी अम्मा, जरा देखो तो भाभी ने होठों पर लाली लगाई है और ये साड़ी तो देखो कितनी सुंदर.... ये चुड़ियां!!" वह दीवानी-सी हो बोलती ही जा रही थी। "हे राम! कितनी सुंदर लग रही हो भाभी....।"

माँजी मुँह खोले ठुड्डी पर हाथ लगाए, आश्चर्य से दमयंती को देखे जा रही थी। इंदू की बातों से खिन्न होकर माँजी ने तीखे अंदाज में कहा, "क्यों दुल्हन! ये सुबह-सुबह लटका-झटका कर कहाँ जाने की तैयारी चल रही थी। कोई शरम लाज है कि नहीं।"

भुवन बाबू तेज कदमों से ऊपर सीढियां चढ गए। बाद में पता चला कि बुआजी के शहर में दंगा-फसाद हो गया इसके चलते सारी गाडियां रद्द हो गई।

नवविवाहिता दमयंती का जीवन ससुराल में इसी लीक पर चलने लगा। वो जब तक अपने कमरे में पहुंचती तब तक भुवन बाबू सो चुके होते। कभी-कभी देर तक राह भी

देखते मगर दमयंती के पसीने से लथपथ शरीर और कपड़ों से आती मसालों की गंध उन्हें नागवार गुजरती। वो कभी-कभार दमयंती से बातें करते भी तो शर्म और घबराहट से दमयंती खुल कर बात भी कर नहीं पाती। दिनभर माँजी के कठोर अनुशासन में रह कर दमयंती बोलना ही भूलने लगी। रही-सही एक इंदू ही थी जिसके साथ वो जरा हँस बोल लेती लेकिन माँजी को ये भी पसंद नहीं था कि लड़कियों के साथ हँसी-ठट्ठा किया जाए। जब कभी मायके जाती तो अम्मा का खूब हाथ बँटाया करती। अपनी अल्हड़ बेटी को ऐसी सुघड़ और सयानी देखकर अम्मा बहुत खुश होती।

समय पंख लगा कर उड़ता गया। इंदू का ब्याह हो गया। जवाई बाबू बड़े सरकारी ऑफिसर हैं। इंदू जब कभी भी आती है तो नये जमाने के फैशनेबल कपड़े पहनकर आती है। माँजी कहती है, "क्या करे बिटिया, हमरे जवाई बाबू हैं ही बड़े आदमी। अब बड़े-बड़े लोगों में उठना-बैठना है तो रहन-सहन भी तो मुताबिक होना चाहिये। हमरी लल्ली के भाग बहुत बड़े हैं। वैसे इंदू बेचारी के कंधों पर सारा बोझ पड़ गया घर गृहस्थी का। सास-ननद होती तो जरा सांस लेती बेचारी।"

जवाई बाबू बड़े हँसोड़ हैं। घर में आते ही हँसी-ठहाकों का शोर मचने लगता है। माँजी, इंदू और भुवन बाबू ऑंगन में बैठ कर खूब बतियाते हैं। भुवन बाबू के ठहाकों की आवाज सबसे ऊँची होती है। दमयंती के लिए इससे ज्यादा बड़ा आश्चर्य और कोई नहीं हो सकता। दमयंती मेहमान के लिए स्वादिष्ट पकवान बनाने में लगी रहती। जवाई बाबू बहुत ही खुश होकर भोजन करते और दमयंती के हाथों से बने पकवानों की खूब तारीफ भी करते।

एक बार फिल्म देखने का प्रोग्राम बना तो भुवन बाबू तीन टिकट ले आये। तीन ही टिकट देखकर जवाई राजा ने इंदू को छेड़ा, "क्यों तुम नहीं जाओगी फिल्म देखने?"

इंदू ने अधिकारपूर्वक कहा, "मैं नहीं जाऊंगी तो फिर कोई नहीं जायेगा।" जवाई राजा ने साले की तरफ सवालिया निगाहों से देखा।

भुवन बाबू ने लापरवाही से कहा, "हम तीन, यानि आप, मै और इंदू।"

"और भाभीजी?" जवाई राजा के सवाल पर इंदू और भुवन बाबू दोनों हँस दिए।

भुवन बाबू ने हँसते हुए कहा, "अरे! आप भी किसकी बात कर रहे है? जिसको दिन भर रसोई में ही पड़े रहना पसंद है वो भला फिल्म देखने जायेगी? सिनेमा हॉल में बैठे लोग भाग जायेंगे जब इसके बदन से हींग और गरम मसाले की खूशबू आयेगी।" यह कहकर वो बाहर निकल गए। इंदू ने भी मुँह बनाया।

एक दिन यूं ही बातों-बातों में जवाई राजा ने भुवन बाबू के कंधे को थपथपाते हुए कहा, "एक बात तो कहनी पड़ेगी भुवन भैया, आप बड़े किस्मत वाले हैं। ऐसी सुंदर, सरल, सुघड़ और मितभाषी पत्नी मिली है आपको। आजकल तो ऐसी पत्नियाँ कहानी की किताबों में भी ढूंढे नहीं मिलती।"

इस बात पर इंदू मुँह फुलाकर सारा दिन कमरे में पड़ी रही। अम्मा ने भी नाराज होकर दिनभर दमयंती को ऊल-जलूल कामों में उलझाए रखा। हाँ, भुवन बाबू का व्यवहार

बदला-बदला सा नजर आया। इसके बाद जब तक जवाई राजा घर में रहे, उनके सभी कामों की जिम्मेदारी इंदू ने उठा ली।

माँजी के देहांत के समय भुवन बाबू की ऑफिस के सारे लोग घर आये। कुछ महिलाएं भी आई जो भुवन बाबू के साथ काम करती थी। वे सभी दमयंती को देखकर चकित रह गई और भुवन बाबू से शिकायत करने लगी कि इतनी सुंदर और शालीन पत्नी से उन्हें आजतक मिलवाया क्यों नहीं। भुवन बाबू हमेशा की तरह बस खिसिया कर रह गए।

माँजी के देहांत के कुछ दिनों बाद ही दमयंती ने अपने माता-पिता को भी खो दिया। माँजी के जाने के बाद वो नितांत अकेली रह गई। जैसा भी था उन दोनों का दिन-रात का साथ था। वे दोनों एक ही व्यक्ति के इर्द-गिर्द अपना संसार बसाये बैठी थी। दोनों में से एक ने सारे हक अपने पास ही रख लिए। एक ने हक दिया नहीं दूसरी ने लिया नहीं। अब दमयंती के दामन में कुछ भी शेष नहीं रह गया।

अंतिम समय में माँजी ने उसे ढेरों आशीर्वाद दिए। भुवन बाबू से बार-बार कहती रही "इसका ख्याल रखना लल्ला। इसने ही गृहस्थी को बाँधकर रखा। माँ को बेटे से दूर नहीं किया। वरना मैं तो सदा की अभागन जिसने लड़कपन में ही पति को खो दिया, ससुरालवालों ने और सगे भाईयों ने जिम्मेदारी उठाने से इंकार कर दिया। दो-दो नन्हे बच्चों को एक अकेली विधवा ने कैसे पालपोस कर बड़ा किया, मैं ही जानती हूँ।"

कभी-कभी माँजी खूब रोती कि पोते का मुँह देखे बिना ही मर जाऊँगी। एकबार तो रोते-रोते दमयंती के पैर पकड़ लिए। बिलख-बिलख कर कहने लगी, "मुझे माफ कर दो दुल्हन, मैंने तुम्हारे साथ बड़ी ज्यादती की है। तुम माफ न करोगी तो उपरवाला भी माफी नहीं देगा।" दमयंती ने बड़ी मुश्किल से अपने पैर छुड़ाए और उन्हें सीने से लगा लिया।

उस दिन दोनों फूट-फूटकर खूब रोई। यूं लगा जैसे घर में कोई मर गया। भुवन बाबू तो जैसे पत्थर-से हो गए। उसी रात दुल्हन का हाथ पकड़े-पकड़े माँजी इस मोह-माया से लिप्त संसार से सदा के लिए विदा हो गईं।

अब इस घर में दो प्रेत रहते हैं, एक नर और एक मादा.....

हरा स्कार्फ

अचानक चित्रांगदा का बदन काँप उठा। यह सिहरन सर्द हवाओं के कारण हुई या भय के कारण मालूम नहीं। ठंड तो वाकई बहुत थी, मगर भय कहाँ से उपजा? वातावरण में दूर-दूर तक पसरी नीरवता, निस्तब्धता या मानवहीनता से। एकाएक, झील किनारे खड़ी चित्रांगदा के ललाट पर पसीने की बूंदें उभर आईं।

शिलांग शहर से करीब एक घंटे दूर बियाबान इलाके में एक अत्यंत रमणीय प्राकृतिक झील है, 'उमियम लेक', जिसे स्थानीय लोग 'बड़ा पानी' के नाम से जानते हैं। काफी बड़े दायरे में फैली यह झील चारों तरफ पहाड़ियों से घिरी हुई है या यो कह सकते हैं कि कई छोटी-छोटी पहाड़ियाँ इस घुमावदार झील से घिरी हुई अत्यंत खूबसूरत नजारा पेश करती हैं। यहाँ आने वाले सैलानी मंत्रमुग्ध हो कर यहाँ की प्राकृतिक सुंदरता को निहारते ही रह जाते हैं।

गौहाटी से शिलांग की ओर जाने वाली सड़कों पर जब गाड़ियाँ इन घुमावदार पहाड़ियों से होकर गुजरती हैं तो इस झील का नजारा कई कोणों से नजर आता है। शहर के सुंदरतम पर्यटन स्थलों में से एक है, 'बड़ा पानी'। बेहद मनोरम और मुग्ध करनेवाली यह झील रात के अंधेरे में बड़ी भयावह लगती है। क्योंकि इसके आसपास दूर-दूर तक कोई बस्ती नहीं। बस्तियाँ दूर पहाड़ों पर बसी हैं।

झील के पास ही छोटी पहाड़ी पर बना है एक डाकबंगला, जहाँ आज सुबह से ही काफी हलचल और शोर-शराबा था, जो इस वक्त एकाएक शांत हो गया। कुछ स्कूली बच्चों की टोली आज इस बंगले पर ठहरी हुई थी। पिकनिक स्पॉट के रूप में कभी यह डाकबंगला लोगों की पहली पसंद हुआ करता था। मगर आजकल इसकी हालत काफी खराब हो चुकी थी। फिर भी झील के किनारे का यह अकेला बंगला देखने में बहुत ही सुंदर लगता था।

दसवीं कक्षा की छात्राएं स्कूल की तरफ से आज यहाँ पिकनिक मनाने आई थी। चित्रांगदा भी उन्हीं के साथ आई थी। उसकी कँपकँपी का कारण न तो सर्द हवाएं थी और ना ही वातावरण की भयावहता। इसका कारण तो किसी बस के स्टार्ट होने की आवाज थी जो जल्द ही दूर होती गई। इससे पहले की चित्रांगदा को कुछ समझ में आता, बस उसके सामने से ही निचली ढलान पर से गुजर गई।

चीखना चाहते हुए भी चित्रांगदा के गले से आवाज नहीं निकल पाई। गले के साथ-साथ उसकी आँखें भी भर आई। उसे लगा कि दौड़कर बस का पीछा करे, मगर सच्चाई ने उसके पैरों को जकड़ लिया। वह पहाड़ी के इस ओर की ढलान पर झील के किनारे खड़ी थी और बस पहाड़ी के दूसरी तरफ बनी पक्की सड़क से शहर की तरफ निकल गई। कोई तेज दौड़ने वाला धावक भी होता तो भी बस पकड़ना संभव नहीं था।

शाम के चार बज रहे थे, जल्द अंधेरा होने वाला था। उत्तर-पूर्व में सूरज जल्दी उगता है और वैसे ही शाम भी जल्दी ढलती है। क्षितिज पर सुर्ख लालिमा बिखेरता सूरज

कभी पहाड़ी के पीछे तो कभी झील के पानी में डूबने को बेताब नजर आ रहा था। आसमान में एक तरफ डूबते सूरज की लालिमा छा गई, गोया कि आकाश ने विवाह की लाल चूनर ओढ़ ली हो। वहीं दूसरी तरफ काले बादल अंधेरे को न्योता दे रहे थे। कोई और वक्त होता तो सूरज और बादलों की यह आँखमिचौली मन को आल्हादित करती मगर इस समय चित्रांगदा ईश्वर से टूट कर प्रार्थना कर रही थी कि ये सूरज कुछ देर और ठहर जाए। इस बियाबान में वह अकेली क्या करेगी, कहाँ और कैसे जायेगी.....?

कुछ सोचकर उसने लम्बे-लम्बे डग भरकर चढ़ाई चढ़नी शुरू की। भयाक्रांत चित्रांगदा सुबकती जा रही थी और उस पल को कोस रही थी जब वह अपनी सहेलियों के झुंड को छोड़ अकेली झील के इस ओर चली आई।

दरअसल वह इस जगह के प्राकृतिक सौंदर्य में इतना खो गई कि उसे पता ही नहीं चला कि कब सारी लड़कियाँ वापस लौट गई। अचानक उसे ख्याल आया कि वह तो डाकबंगले की ओर जा रही है। वहाँ जाकर क्या करेगी? उस वीरान बंगले में अब कौन होगा? फिर मैं कहाँ जाऊं??? बस्ती में? नहीं, नहीं.......।

सोच-सोच कर उसका सर चकराने लगा। इन पहाड़ी बस्तियों के बारे में सहेलियों से सुनी अनाप-शनाप, ऊलजुलूल कहानियों ने उसे और अधिक खौफजदा कर दिया। वैसे भी वह वहाँ की स्थानीय भाषा नहीं जानती थी।

चित्रांगदा के परिवार को अभी एक डेढ़ साल ही हुए हैं शिलांग आये। उसके पिता सरकारी नौकरी में हैं। वैसे भी

उत्तर भारतीय होने के कारण चित्रांगदा को यहाँ के बारे में कुछ विशेष जानकारी नहीं थी। सहेलियों से सुनी बचकानी, डरावनी और अधकचरी बातें याद कर चित्रांगदा डर से थरथर काँप रही थी। किसी तरह साहस बटोरकर उसने बस्ती की तरफ पाँव बढाए।

सड़क पर पहुंचते ही उसे एक जीप आती दिखाई दी। जीप और उसकी ट्राली में स्थानीय खासी लड़के ठूंस-ठूंस कर भरे थे। बहुत शोरगुल मचा रहे थे और स्थानीय भाषा में कुछ गा भी रहे थे - 'ऐ ऐ ऐ ऐ -ईऊ।' पहले से ही घबराई चित्रांगदा ने जीप के करीब आते ही उल्टे पाँव दौडना शुरू किया।

तेजी से दौड़ती वह अचानक किसी से टकराई। एक पल को लगा गश खाकर गिर पड़ेगी। जिससे वह टकराई, वह उसे झंझोड़ कर कह रहा था, "कोंग, ऐ कोंग....." (स्थानीय भाषा में स्त्रियों के लिए एक सम्मानजनक संबोधन)। उसके सामने खड़ा लड़का पहाड़ी है, जानकर वह फिर पलटकर भागने लगी। एकाएक उसके पैरों में ब्रेक लगा।

वह आवाज दे रहा था - "ऐ लड़की, कौन हो तुम? यहाँ वीराने में अकेली क्या कर रही हो?" पीछे खड़े युवक के मुँह से हिंदी सुनकर वह पलटी, दौड़कर उससे लिपट गई और बेतहाशा रोने लगी। युवक ने उसे किसी तरह संभाला और सहारा दे कर ऊपर डाकबंगले तक ले आया। उसने बाहर से कुछ सूखी लकडियां इकट्ठी की और हॉल में बने अलाव को जलाया। बंगला अब तक अंधेरे में डूबा हुआ था। रोशनी होते ही चित्रांगदा ने पहली बार उस युवक को गौर से देखा।

लंबा-चौड़ा बदन, गोरा रंग, कुछ-कुछ पहाड़ियों जैसे ही नाक नक्श, मगर कुल मिला कर बेहद आकर्षक और सुदर्शन व्यक्तित्व लगा। आग से मिली रोशनी और गरमाहट से चित्रांगदा ने थोड़ी राहत महसूस की।

सामने बैठा युवक उसे आसमान से उतरे किसी देवदूत से कम नजर नहीं आ रहा था। युवक ने उसे आग के और करीब सरकने का इशारा किया और वह खुद भी उसके पास आकर बैठ गया और कहा, "अब तुम्हें घबराने की कोई जरुरत नहीं। मैं कैप्टन पीटर लिंदो हूँ। मेरी पोस्टिंग शिलांग पीक स्थित आर्मी हेडक्वार्टर में है। आज छुट्टी के दिन मैं भी तुम्हारी तरह 'बड़ा पानी' घूमने आया था।" पीटर के पूछने पर चित्रांगदा ने सुबह से अब तक की सारी घटना सुना दी। कैप्टन ने उसे आश्वासन दिया कि अब डरने की कोई बात नहीं है।

ठंड बहुत बढ गई थी। पीटर ने अपनी जेब से एक ऊनी स्कार्फ निकाल कर चित्रांगदा की तरफ बढाया, "इसे अपने सर पर बाँध लो वरना सर्दी लग जायेगी।" स्कार्फ हाथ में पकड़ उसने कैप्टन को धन्यवाद दिया।

उसने देखा, बेहद मुलायम और सुंदर हरे रंग का ऊनी मफ़लर था। ऐसे चौखाने डिजाइन के मफ़लर अक्सर स्थानीय लोग ठंड के दिनों में गले पर बाँधते हैं। चित्रांगदा ने मफ़लर सिर पर लपेट लिया।

आग तापते हुए कैप्टन चित्रांगदा से ढेर सारी बातें कर रहा था। आर्मी ट्रेनिंग के दौरान घटी मजेदार बातें व घटनाएं वह उसे सुना रहा था। कैप्टन की बातों में मग्न चित्रांगदा

कुछ देर पहले की घबराहट और भय से बिल्कुल मुक्त हो चुकी थी।

"तुम्हें भूख लग रही होगी? मैं पास की बस्ती से कुछ खाने को ले आता हूँ।" कैप्टन का यह प्रस्ताव चित्रांगदा को बिल्कुल भी पसंद नहीं आया। वह भूख तो सह सकती है लेकिन इस डाक बंगले में अकेले रहने का जोखिम बिल्कुल नहीं उठा सकती।

एकाएक उसे अपनी बैग में रखे टिफिन बॉक्स की याद आई जो माँ ने सुबह तैयार करके दिया था। स्कूल की तरफ से खाने-पीने की व्यवस्था इतनी अच्छी थी कि उसे अपना टिफिन खोलने की आवश्यकता ही नहीं पड़ी। टिफिन खोलकर उसने पीटर के सामने रख दिया। डब्बे में पूरी, आलू-मटर की सब्जी और गाजर का हलुवा था। दोनों ने खूब आनंद से खाना खाया।

आश्वस्त मन, भरा पेट और आग की गरमाहट ने चित्रांगदा की आँखों में नींद भर दी। उसकी पलकें बोझिल होने लगी। उसने महसूस किया कि पीटर ने उसके बालों को सहलाया और मफलर को गले और सिर के इर्दगिर्द अच्छी तरह से लपेट दिया। चित्रा निद्रा की चपेट में आ चुकी थी।

किसी के जगाने पर उसकी आँखें खुली। देखा, कैप्टन लिंदो सामने खड़े मुस्कुरा रहे थे। अलसाई-सी सुबह की मद्धिम रोशनी कमरे में प्रवेश कर रही थी। अलाव की आग ठंडी पड़ चुकी थी।

कैप्टन ने कहा - "घर नहीं जाना क्या? आप यहाँ बेखबर सो रही है, वहाँ घर पर आपके माँ-पिताजी का बुरा हाल

होगा। जल्दी उठो, साढे-पांच बजे, सामने सड़क से बच्चों को स्कूल ले जाने वाली बस गुजरेगी। मैं आपको उसी बस में बैठा दूंगा। सात बजे तक आप अपने घर पहुंच जायेंगी। 'बड़ा पानी' से आर्मी स्टाफ के बच्चे, रोजाना इसी वक्त पर शिलांग पीक स्थित सेंटर स्कूल में बस से जाते हैं। जल्दी करो, पांच तो बज चुके हैं।" चित्रांगदा ने हड़बड़ाकर अपना अस्तव्यस्त हुलिया ठीक किया, बैग कंधे पर लटकाया और झटपट तैयार हो गई।

बंगले से बाहर निकलने पर उसने पलटकर देखा, न जाने उसे कैसा सा अहसास हुआ। तुरंत ही अपने घर लौटने के उत्साह ने उसे चंचल बना दिया। उसने पीटर का हाथ थामा और ढलान पर दौड़ना शुरू किया। दोनों हँसते-संभलते ढलान पर उतरने लगे। कुछ ही देर में सड़क आ गई। एक पेड़ के नीचें खड़े होकर दोनों बस का इंतजार करने लगे। पीटर लगातार मुस्कुरा रहा था। उसकी मुस्कुराहट में एक अजीब-सी कशिश थी। कुछ हिचकिचाहट के साथ चित्रांगदा ने कैप्टन का शुक्रिया अदा किया, इतने में ही बस आती दिखाई दी।

कैप्टन ने हाथ हिलाकर बस को रोका। वह लपक कर बस में सवार हुई कि बस झटके से आगे निकल पड़ी। उसने हाथ हिलाकर कैप्टन से विदाई ली, कैप्टन भी मुस्कुराते हुए हाथ हिलाते जा रहा था। अचानक एक घुमावदार मोड़ आया और वो सड़क जिस पर पीटर खड़ा था, एकदम आँखों से ओझल हो गई। चित्रांगदा का उत्साह एकाएक ठंडा पड़ गया। मन न जाने क्यों बैचेन-सा होने लगा। कंधे से बैग उतारकर उसने अंदर टटोला, सारा सामान तो था फिर ऐसा क्यों लगा

जैसे पीछे कुछ छूट गया। पीछे क्या छूट गया ये तो वह नहीं जान पाई, लेकिन वह अपने साथ जरूर कुछ ले आई थी, पीटर का 'हरा स्कार्फ!'

बस में बैठे बच्चे उसे विचित्र निगाहों से घूर रहे थे। इधर चित्रांगदा की मनःस्थिति भी विचित्र-सी थी। घर जाने की खुशी, कल की घटना से जुड़ा भय और कैप्टन की याद......। इन्हीं ख्यालों में खोई चित्रांगदा को कब हैप्पी वेली आ गई पता ही नहीं चला। बस स्टॉप पर उतर कर वह दौड़ते हुए घर पहुंची।

इतनी सुबह घर का दरवाजा खुला देख वह चौंक गई। इस इलाके में ज्यादातर पहाड़ी लोग ही रहते थे इसलिए इनका परिवार जरा डरा सहमा-सा रहता था। दरवाजे पर अकस्मात खोई बेटी को खड़ी देख माँ पागल की तरह जोर-जोर से हँसने लगी फिर एकाएक रो पड़ी। पिताजी अंदर से दौड़े आए, साथ में उनके कुछ मित्र और ऑफिस के सहयोगी भी थे। चित्रांगदा समझ गई कि इनमें से कोई भी रात भर सोया नहीं।

अगला सीन बिल्कुल हिंदी फिल्मों जैसा था, रोना-धोना, डाँट-डपट, प्यार-पुचकार.........। बेटी से सब कुछ जान लेने के बाद पिताजी ने ईश्वर और कैप्टन पीटर का हृदय से आभार माना।। दोपहर भोजन के वक्त उन्होंने इच्छा व्यक्त की कि शिलांग पीक स्थित आर्मी हेडक्वार्टर जाकर कैप्टन को धन्यवाद जरूर करेंगे। साथ ही उन्हें घर पर आमंत्रित भी करेंगे। यह सुनकर चित्रांगदा खुशी से उछल पड़ी और तुरंत कहा कि पिताजी मैं भी साथ चलूंगी। पिताजी सहर्ष राजी हो गए। कैप्टन से दोबारा मिलने की खुशी से चित्रांगदा रोमांचित

हो उठी। कौन से कपड़े पहनूंगी, क्या बातें करुंगी, क्या वो भी मुझसे मिलकर इतना ही खुश होंगे?

दूसरे दिन अल सुबह ही उठकर चित्रांगदा जाने की तैयारी में जुट गई। कभी ये ड्रेस कभी वो, अंत में एक सफेद ड्रेस पहना और गले में कैप्टन पीटर का हरा स्कार्फ लपेट लिया। खुद को आईने में निहारा, वो सचमुच आज बेहद खूबसूरत लग रही थी। उसके वापस सकुशल लौट आने की खबर सभी को मिल गई थी। स्कूल की सहेलियों और टीचर्स के फोन आ रहे थे। वह भी चहक-चहक कर सारी बातें बता रही थी। कैप्टन की बातें तो कुछ ज्यादा ही उत्साह से सुना रही थी। सहेलियों को तो कैप्टन पीटर कोई स्वप्नलोक का शहजादा ही प्रतीत होने लगा। कई एक को तो भारी अफसोस भी हुआ कि काश! चित्रांगदा की जगह वही छूट गई होती 'बड़ा पानी' झील के डाकबंगले में......।

पिताजी के तैयार होते ही दोनों गाड़ी में बैठ आर्मी हेडक्वार्टर की तरफ निकल पड़े। चित्रांगदा अनवरत मुस्कुराए जा रही थी। आर्मी हेडक्वार्टर पहुंच, गेट पर परमिशन लेकर जब वे मुख्यालय में दाखिल हुए तो मेजर राणा ने उनका स्वागत किया और आने का कारण पूछा। पिताजी ने विनम्रतापूर्वक उनका अभिवादन किया और इच्छा व्यक्त की कि वे कैप्टन पीटर लिंदो से मिलना चाहते हैं।

चित्रांगदा उत्सुकता से मेजर राणा का चेहरा ताक रही थी मगर मेजर राणा के चेहरे पर आश्चर्य की लकीरें उभर आईं।

उन्होंने बताया, "इस नाम का तो कोई भी अधिकारी नहीं है इस हेडक्वार्टर में। आपको जरूर कोई गलतफहमी हुई है।"

पिताजी ने सवालिया नजरों से चित्रांगदा की ओर देखा। वह तपाक से बोली, "मुझे कोई गलतफहमी नहीं हुई है, उन्होंने यहीं का पता बताया था।"

मेजर राणा उठकर चित्रांगदा के पास आए और स्नेह के साथ पूछा, "बेटी! कोई और नाम या पता होगा, मैं यहाँ के हर स्टाफ को बखूबी पहचानता हूँ। इस नाम का कोई भी व्यक्ति यहाँ नहीं है।"

चित्रांगदा ने खीझकर कहा, "पीटर लिंदो ही नाम है उनका।" इतने में ही पीछे से दरवाजा खुलने की आवाज आई और एक बुजुर्ग से अधिकारी ने अंदर प्रवेश किया। अभिवादन आदान-प्रदान के समय ही वो हौले से बुदबुदाये, "पीटर लिंदो?"

चित्रांगदा ने उनकी बुदबुदाहट सुन ली और जोर से चीखी, "हाँ हाँ, पीटर लिंदो.....।"

चित्रांगदा को अपलक निहारते हुए उन्होंने पूछा, "तुम उन्हें कैसे जानती हो? क्या लगती हो उनकी? कौन से पीटर की बात कर रही हो?"

एक साथ इतने सारे सवालों से चित्रांगदा घबरा गई। उसके पिता इस दौरान मूकदर्शक बने कभी ये चेहरा तो कभी वो चेहरा देख रहे थे।

तभी बुजुर्ग अधिकारी ने चित्रांगदा का हाथ बिना पूछे ही पकड़ा और खींचते हुए उसे एक दीवार की तरफ ले गए। बड़े-बड़े फ्रेमों में जड़ी कई तस्वीरों में, परेड ग्राउंड की एक तस्वीर में से एक सिपाही की तरफ इशारा करते हुए पूछा, "तुम इनके बारे में बात कर रही हो?"

चित्रांगदा खुशी से उछल पड़ी, "हाँ-हाँ..मैं इन्हीं के बारे में कह रही हूँ।"

भौचक्के से मेजर पुरोहित जो इसी साल रिटायर होने वाले है, कभी तस्वीर को तो कभी लड़की को देखने लगे। उन्होंने चित्रांगदा को दोनों हाथों से पकड़कर झंझोड़ते हुए पूछा, "तुम इन्हें कैसे जानती हो?"

कैप्टन पीटर की जानकारी मिल जाने से खुश चित्रांगदा ने चहकते हुए कहा, "मैं तो उनसे कल ही मिली थी।"

"कहाँ?" अधिकारी ने सवाल किया।

वह जोश के साथ बोली, "बड़ा पानी झील के डाकबंगले में।"

मेजर पुरोहित झटके से दो कदम पीछे हट गए और कहा, "असंभव, असंभव!!! ये नहीं हो सकता।"

चौकने की बारी अब चित्रांगदा और उसके पिताजी की थी। वो नाराजगी के साथ बोली, "क्यों नहीं हो सकता? कल सारी रात वो मेरे साथ थे।" अचानक उसे कुछ याद आया, गले में लपेटा स्कार्फ झटके से निकाल कर वह बोली, "ये देखिए, ये उन्हीं का स्कार्फ है। उन्होंने ही कल रात मुझे दिया था।"

मेजर की आँखें आश्चर्य से फटी की फटी रह गई। स्कार्फ के एक कोने में रंग-बिरंगे धागों से की गई कढाई से लिखा था, 'पीटर लिंदो।'

मेजर पुरोहित लगभग चीखते हुये बोले, "लेकिन ये कैसे संभव है, पीटर को मरे तो पच्चीस साल हो गए। वो

मेरे साथी थे।" अचानक एक आवाज ने सबको चौंका दिया। चित्रांगदा गश खाकर जमीन पर गिर पड़ी।

मेजर के अनुसार वह और पीटर एक ही बैच के थे। ट्रेनिंग के दौरान वे दोनों काफी घुलमिल गए थे। तकदीर से दोनों की पहली पोस्टिंग भी एक ही जगह, शिलांग में हुई। ऐसे ही किसी छुट्टी के दिन सभी साथी मिलकर 'बड़ा पानी' झील घूमने निकल गए। लौटते वक्त जाने कैसे पीटर अकेला छूट गया। अगले दिन उसकी लाश डाकबंगले में मिली।

चित्रांगदा अब पहले जैसी नहीं रही। माँ-पिता ने काफी इलाज करवाया लेकिन सब व्यर्थ साबित हुआ। अब वो किसी को भी नहीं पहचानती सिवा हरे स्कार्फ के। एक शाम उसी स्कार्फ को कसकर गले में लपेट लिया।

'बड़ा पानी' में आजकल सैलानियों का आवागमन बहुत ज्यादा हो गया है। अक्सर ही सैलानियों व मुसाफिरों से सुनने में आता रहता है कि एक बहुत ही हृष्टपुष्ट नौजवान सिपाही और गले में हरा स्कार्फ लपेटे उसकी हसीन-सी साथी लड़की ने उनकी बड़ी मदद की जब वो रास्ता भटक गए थे...।

आईना

जल्दी-जल्दी और कस-कसकर चोटी गूँथती माँ से नाराज मीतू मुँह फुलाए बैठी थी। बीच-बीच में ठुनक-ठुनक कर कराह भी रही थी। "आ....आ....ओ माँ धीरे करो, धीरे।" माँ मीतू की हर बात से अनजानी-सी बनी अपना काम करने में लगी रही। दो चोटियाँ गूँथकर उनमें फीते डाल चोटियाँ दोहरी कर बाँध दी। फीतों से बड़े-बड़े सुंदर फूल बनाए और मीतू के सिर पर हल्की-सी थपकी मार कर कहा, "जा जल्दी, वरना स्कूल को देर हो जाएगी।"

मीतू ने इठलाकर माँ से कहा, "मुझे आईने में दिखा तो दो कि चोटियाँ कैसी बनी हैं।"

घर के सभी आईने इतने ऊँचे लगाए गए थे कि बेचारी नन्ही-सी मीतू अपनी शक्ल भी नहीं देख पाती।

माँ ने उसे टालते हुए कहा, "अभी तो जा, नहीं तो स्कूल की घंटी बज जायेगी।"

गाल फुलाए मीतू उठी तो माँ ने उसे नजदीक खींच कर निहारा और उसके फुग्गे-से फुले गालों पर एक चुम्मी जड़ दी। माँ के दुलार से मीतू के गालों की हवा कुछ कम जरूर हुई मगर नाराजगी अभी भी बनी रही।

तख्त पर पैर लटकाकर जुराबें पहनती मीतू को बुआ भी बड़े प्यार से निहार रही थी। उन्होंने मीतू को छेड़ते हुए कहा, "क्या बात है, मिजाज बड़े गरम लग रहे हैं हमारी नन्ही दादी अम्मा के?", पारा और आसमान चढने लगा। उसने बुआ की बात का कोई जवाब नहीं दिया।

जूतों के फीते बाँध कर दरवाजे पर आईं तो देखा, चाँदी के बालों वाले दादाजी अपनी दाढी बना रहे है। दादाजी मीतू को देख मुस्कुराए, इशारे से अपने पास बुलाया और फिर एक पप्पी जड़ दी ललाट पर। मुँह बनाती मीतू की हथेली पर दादाजी ने अपनी जेब से निकाल कर एक चवन्नी धर दी। चवन्नी देखते ही मीतू के मुँह से हँसी की पिचकारी फूट पड़ी। खिलखिलाकर दादाजी के पोपले गाल पर उसने भी पप्पी दे दी।

उछलती-कूदती मीतू दौड़ पड़ी स्कूल की ओर। दादाजी घबराकर चिल्लाये, "अरी मीतू, दौड़ मत बेटा। धीरे चल.... कितनी बार कहा है कि इसे अकेले न भेजा करो। बड़ी गाड़ियां आती हैं, सड़क ठीक से देखकर पार करना बेटा!"

पीछे-पीछे आती दीदी को रोज की तरह ताकीद दी कि ठीक से हाथ पकड़कर ले जाना बहन को। दीदी ने हाथ पकड़ा मगर तब तक ही जब तक दादाजी की आँखें उनका पीछा कर सकी, फिर झटके से हाथ छुड़वा लिया। दीदी ऐसा क्यों करती है, उसे कभी समझ नहीं आया। खैर छोड़ो!! दीदी से ज्यादा आकर्षक चीज उसकी मुट्ठी में बंद थी, दादाजी की दी हुई चवन्नी.....। उसने चवन्नी को कसकर अपनी मुट्ठी में पकड़ लिया।

चौराहा पार करते ही पिताजी के मित्र रास्ते में मिल गए। उन्होंने मीतू को दुलारा और दीदी को डाँट कर कहा कि बहन का हाथ क्यों नहीं पकड़ रखा...।

आगे ढलान वाली सड़क पर दीदी और उनकी सभी सहेलियाँ दौड़ने लगी। उनकी देखा-देखी में मीतू भी दौड़ी, मगर उसका संतुलन बिगड़ गया और वह चारों खाने चित्त। घुटने छिल गये और कोहनी से खून निकलने लगा। लड़कियों ने दीदी को आवाज लगाकर बुलाया। दीदी ने झुंझलाते हुए इतनी जोर से मीतू का हाथ पकड़ा कि मीतू की चीख ही निकल गई।

दीदी की आँखों में चिढ़ और घबराहट दोनों ही भरे थे। वह गुर्राई, "अब घर जाकर माँ के कान मत भरना और ना ही ये चोट दिखाना, वरना कल से तुमको हम अपने साथ खेलने नहीं देंगे। कितनी बार कहा है तुमसे, हाथ पकड़कर क्यों नहीं चलती हो?"

नन्ही मीतू हिसाब लगाने लगी, उसने हाथ नहीं पकड़ा या तुमने छुड़वा लिया! दीदी बड़ी है और माँ कहती है न कि बड़ों के सामने नहीं बोलते। मीतू ने धीरे से अपनी मुट्ठी खोलकर देखी, इस सारे तामझाम में भी उसने मुट्ठी ढीली नहीं की, चवन्नी अपने स्थान पर सुरक्षित थी। मीतू के नन्हे दिमाग ने खुद को ही शाबाशी दी, "इसे कहते है पकड़कर रखना।"

उनका स्कूल एक छोटी-सी टीलेनुमा पहाड़ी पर बना हुआ है। स्कूल के नजदीक आते ही चारों तरफ स्कूल के बच्चे ही बच्चे नजर आने लगे। मीतू भी फुदक-फुदककर चढाई चढने लगी।

गेट पर दरबान जी खड़े थे। मीतू को देखकर मुस्कुराए, पास बुलाया और पूछा, "तेरा नाम क्या है मीतू?" मीतू मन ही मन परेशान हो उठी, "उफ्फ! ये दरबानजी भी कैसे आदमी हैं? इतना बुद्धू तो मेरा मीठू मियाँ भी नहीं है। उसे भी बार-बार सिखाओ तो हमारी तरह बोलना सीख जाता है। एक ये हैं हमारे दरबानजी! रोज नाम पूछते हैं, मैं रोज ही बताती हूँ, मीतू मीतू मीतू....। पर ये हैं कि रोज भूल जाते हैं। अरे हाँ!!! शायद इसीलिए इन्हें गेट पर खड़ा किया जाता है। कक्षा में नहीं बैठने देते, इतने बुद्धू जो हैं।"

प्रार्थना के लिए कतारें लगने लगी थी। दरबानजी ने गेट बंद कर के कहा, "अब तुम्हें अंदर जाने नहीं दे सकता, तुम देर से आई हो।" मीतू का दिल जोर-जोर से धड़कने लगा। "हे राम! क्या वापस घर जाना पड़ेगा? ये अम्मा भी न, कितनी देर तक चोटियां गूंथती रहती है। अब कर दिया न सब गड़बड़।" दरबानजी खड़े मुस्कुरा रहे थे। दीदी भी डरने की बजाय मुस्कुरा रही थी, जैसे उसे घर वापस जाने पर बहुत शाबाशी मिलेगी। उसे अपने घुटने और कोहनी की चोट याद आई तो घबरा गई।

दरबानजी ने आगे बढ़ कर मीतू के कान में धीरे से कहा, "मैं तुम्हारे लिए दरवाजा खोल सकता हूँ, तुम मेरा कहा मानो तो।" बिना शर्त सुने मीतू ने हाँ में गरदन हिलाई और आँखों से ही पूछा, क्या...? दरबानजी अपने गाल पर अँगुली लगाकर इशारा कर रहे थे। मीतू ने तुरंत ही गाल पर पप्पी दे दी। अब दीदी और दरबानजी दोनों जोर से हँसने लगे। मीतू को हँसने का कारण तो नहीं समझ में आया लेकिन वो खुश बहुत थी क्योंकि दरबानजी गेट खोल रहे थे।

दौड़ती हुई मीतू प्रार्थना पंक्ति में जाकर खड़ी हो गई। तभी स्कूल मॉनिटर आई और उसने मीतू का हाथ पकड़कर सामने खड़ा कर दिया। मीतू आँखें बंद कर प्रार्थना गाने लगी। "दया कर दान विद्या का हमें परमात्मा देना, दया करना हमारी आत्मा को शुद्धता देना" उसे पूरी प्रार्थना कंठस्थ थी।

प्रार्थना समाप्त होने पर सारी छात्राएं कतारबद्ध एक-एककर अपनी कक्षाओं में चली गईं। अंत में अकेली मीतू को दसवीं कक्षा की दीदियों ने घेर लिया। किसी ने गाल खींच कर प्यार किया तो किसी ने पप्पी ले ली। कोई उसकी चोटियों से खेलने लगी। शर्म से मीतू का चेहरा लाल-लाल हो गया, जिसे देखकर लड़कियां हँसे जा रही थी। किसी तरह पिंड छुड़ाकर वह अपनी कक्षा की ओर भागी।

स्टाफ रूम के सामने से गुजरते हुए उसने मैडमजी की आवाज सुनी। उसके कदम वहीं थम गए। वह कह रही थी, "मीतू इज माय फेवरेट गर्ल.....बहुत प्यारी है और पढ़ने में भी होशियार है। आज उसने प्रार्थना कितनी सुंदर गाई। अभी आयेगी देखना इधर से".... मीतू की तो सांस ही थम गई।

"बाप रे, अभी मैडमजी बाकी हैं? हे भगवान जी! मेरी मदद करना...कुछ ऐसा करना कि मैं उन्हें दिखाई ही न दूं। वरना फिर से वही पुराण- इधर आओ मीतू, ऊपर देखो मेरी तरफ.... और उनके साथ मुस्कुराती सारी की सारी मैडमें... हे भगवान जी मुझे बचाओ...।"

तभी उसने देखा प्रिंसिपल सर ऑफिस से बाहर निकल कर आ रहे हैं। मौके का फायदा उठा कर मीतू अपने क्लासरूम की तरफ सरपट दौड़ गई। हाँफते हुए वह क्लासरूम में घुसी

और बेंच पर बैठकर राहत की सांस ली। ऐसा लग रहा था जैसे किसी खूंखार शेर से जान बचाकर आई हो।

अगले ही पल पहली क्लास की घंटी बजी और मैडमजी क्लास में आ गई। मीतू इस तरह दुबककर बैठ गई ताकि उनसे नजरें ही न मिले। दूसरी, तीसरी और चौथी क्लास भी समाप्त हो गई और टिफिन टाइम हो गया। बच्चे दौड़ते-फांदते मैदान में पहुंचे। मीतू भी लपकी।

मैदान में स्कूल का चौकीदार रामलाल नाशपाती के पेड़ पर चढ़ा, बच्चों को फल तोड़-तोड़कर दे रहा था। खूब ही चिल्लमचिल्ली मची हुई थी। बच्चे रामलाल-रामलाल चिल्ला कर नाशपाती माँग रहे थे। रामलाल फल तोड़कर जिस तरफ फेंकता, सारे बच्चे उधर दौड़ पड़ते। फिर खूब छीनाझपटी मचती। नाशपाती चार और बीसियों बच्चे।

एक कोने में खड़ी मीतू बड़े उत्साह से यह दौड़भाग और चीखने-चिल्लाने का खेल देखती रहती। उछल-उछल कर नाशपाती मांगने में उसे बड़ी शर्म आती। फिर जब रामलाल पेड़ से नीचे उतरता तो अपने कोट-पैंट की जेबों में फल ठूंस लाता। बच्चे उसके ऊपर चिपट जाते और हाथ फैला कर, "रामलाल प्लीज मुझे दो, प्लीज मुझे दो" कहते। बहुत ही मजेदार दृश्य लगता ये मीतू को।

रामलाल अक्सर धीरे से मीतू के करीब आता और जेब से निकालकर पाँच- छह फल उसके हाथ पर धर देता और इशारे से कहता, जा भाग जा...मीतू दौड़ कर एक झुंड में बैठी दीदी को भी नाशपाती दे आती। कभी-कभी तो दीदी की सहेलियाँ सारे के सारे फल ले लेती। रामलाल पीछे से आकर सिर पर

एक चपत लगाता और नकली गुस्सा दिखाकर कहता, "पागल लड़की, मैंने फल तुम्हें खाने को दिए थे, बाँटने के लिए नहीं।" फिर एक दो फल अपनी जेब से निकालकर उसे और दे देता।

अगले महीने स्कूल का वार्षिक उत्सव है। नृत्य, नाटक और खेल के लिए लड़कियों का चयन हो रहा है। मीतू की क्लास में भी मैडमजी ने ऐलान किया कि जिस किसी को भी नृत्य में भाग लेना है वो अपना हाथ ऊपर करे। मन तो मीतू का भी बहुत था, मगर शर्म के मारे हाथ ही नहीं उठा। दूसरे दिन से नृत्य प्रशिक्षण शुरू हो गया। मीतू एक कोने में उदास बैठी सब देखती रहती। कुछ लड़कियां ठीक से कर ही नहीं पा रही थी। मैडमजी उन्हें बार-बार बता-बता कर तंग आ गई।

मैडमजी के क्लास रूम से जाते ही मीतू उछलकर सामने आई और उन बच्चों को नृत्य कर के दिखाने लगी कि न जाने कहाँ से मैडमजी अवतरित हो गई। खुश होकर उन्होंने मीतू को गोद में उठा लिया और कहा कल से हमारी मीतू भी इसमें हिस्सा लेगी।

वार्षिक उत्सव के दिन मीतू ने तितली की पोशाक पहनी। उसका बड़ा मन कर रहा था कि वह अपनी छवि आईने में देखे। मगर उस खिलौने वाली गुड़िया के आईने में वह अपनी सूरत देखने की कोशिश करे तो पंख गायब और पंख देखना चाहे तो सूरत गायब। मगर वो आज बहुत खुश थी, क्योंकि आज स्कूल में माँ और पिताजी भी आने वाले थे।

नृत्य के समय सबसे आगे खड़ी मीतू के लिए ढेर सारी तालियां बजी। सामने बैठी माँ और साथ में पापा को देखकर वो झूम उठी। उत्सव खत्म हुआ तो वह अपने माँ-पिताजी के

साथ घर लौट आई। रास्ते भर पिताजी उसे गोद में उठाए रहे और उसे खूब प्यार किया। जाने क्यों माँ ज्यादा खुश नजर नहीं आ रही थी। तितली वाली पोशाक तो मीतू को स्कूल में ही छोड़नी पड़ी। इसलिए बुआ और दादाजी को बस किसी तरह समझा ही पाई कि उनकी मीतू कैसी सुंदर दिख रही थी। उनकी आँखें खुशी से चमकने लगी।

कुछ दिनों बाद स्कूल के सांस्कृतिक कार्यक्रम की तस्वीरे बच्चों में वितरित की गई। मीतू की निराशा का तो ठिकाना ही नहीं रहा। उसकी तो कोई तस्वीर ही नहीं आई। बाकी सभी लड़कियों की सुंदर-सुंदर तस्वीरें थी। उस दिन भी वो खुद को ठीक से शीशे में देख नहीं पाई और आज तस्वीर भी नहीं आई......।

उसे आज बिल्कुल अच्छा नहीं लग रहा था। वो किसी तरह मुँह लटकाए घर लौटी तो माँ उसके पीले पड़े चेहरे को देखकर डर गई। पिताजी को तुरंत इत्तला की गई। परिवार के सभी बड़े-बूढे इकट्ठा हो गए। वो आश्चर्य में डूब गई, सोचा कि कहीं तस्वीरों वाली बात से तो सब परेशान नहीं हो रहें? पिताजी ने उसे गोद में उठाया और तुरंत अस्पताल ले गए।

पिताजी का अस्पताल उसे सदा से ही बहुत पसंद है। वह जब भी पिताजी के साथ यहाँ आती है तो सभी डॉक्टर और नर्स उसे बहुत प्यार करते हैं। उसे खाने के लिए टॉफियां, चॉकलेट और बिस्कुट देते हैं। कभी कोई नर्स उसे अपने साथ गार्डन में भी ले जाती है तो कभी चर्च में। मीतू को चर्च भी बहुत अच्छा लगता है। अस्पताल जाने की बात से मीतू खुश तो हुई मगर तस्वीरों वाली बात याद कर फिर से निराश हो

गई। पता नहीं क्यों आज उसे बिल्कुल भी अच्छा नहीं लग रहा था।

अस्पताल पहुंचते ही डॉक्टरों और नर्सों ने उसे घेर लिया। सब मीतू को देखकर मुस्कुरा तो रहे थे मगर शायद उन्हें भी तस्वीरों वाली बात का पता चल गया। कोई भी खुश नजर नहीं आ रहा था। जरूर दीदी ने ही यह बात सबको बताई होगी। उसने सोचा, "मगर दीदी ने आज उसे तस्वीरों वाली बात पर चिढ़ाया भी नहीं और आज तो वो भी चुपचाप है, वरना तो हर समय मुझ पर चीखती- चिल्लाती रहती है। सब लोग दीदी से ज्यादा मेरा ख्याल रखते हैं न, इसलिए वो मुझसे नाराज रहती है, पर मैं क्या करूँ?, अभी भी देखो तो सभी मुझे घेरे खड़े हैं, मुझे ही देख रहे हैं।"

माँ डबडबाई आँखों से मीतू को देखे जा रही थी। पीला जर्द चेहरा, आँखों के इर्द-गिर्द काले घेरे, अंदर धँसी हुई आँखें, नीले पड़े होंठ, बर्फ की तरह ठंडा और हड्डी के ढांचे-सा बदन। माँ ने हाथों से अपना मुँह भींच लिया और तड़प कर बेटी से लिपट गई। माँ को इस तरह रोता देख मीतू की आँखें फैल गई।

तभी किसी ने मीतू के हाथ में चॉकलेट दी और फुसफुसा कर कहा, "तुम बहुत थक गई हो बेटा, थोड़ी देर सो जाओ।" मीतू चुपचाप सो गई हमेशा के लिए.......।

सपने में मीतू ने एक बड़ा-सा आईना देखा और आईने में खुद को। परियों-सी सुंदर मीतू आज तितली बनी है और उसके बड़े ही चटखदार रंग-बिरंगे बड़े-बड़े दो पंख लगे है। मीतू तितली बन स्कूल के सांस्कृतिक कार्यक्रम में झूम-

झूमकर नाच रही है। बड़ा ही सुरीला गाना है जिस पर मीतू नाच रही है, "तितली उड़ी, उड़ जो चली, फूल ने कहा, आजा मेरे पास, तितली बोली मैं चली आकाश...।"

सामने की पंक्ति में माँ-पिताजी, बुआ, दादाजी, रामलाल, मैडमजी, उसकी नन्ही सहेलियां, अस्पताल के डॉक्टर, सफेद ड्रेस पहने नर्सें सभी खुश होकर तालियाँ बजा रहे हैं। नृत्य के खत्म होते ही कोई उसका हाथ थाम कर मंच से उतरने में मदद करता है। कौन होगा? मीतू चौंककर देखती है तो दीदी बगल में उसका हाथ थामे मुस्कुरा रही है। मीतू भी मुस्कुराने लगी.....।

अस्पताल के कमरे में कोहराम मच गया। मीतू की माँ दहाड़े मार-मार कर रो रही थी। पिताजी अपनी आँखें पौंछते हुए माँ को संभालने की कोशिश कर रहे थे।

बड़े डॉक्टर साहब ने मीतू के पिताजी के कंधे पर सांत्वना भरा हाथ रख कर कहा, "धैर्य रखो मेरे दोस्त, हम सब जानते हैं, एक दिन तो यह होना ही था। ये तो गनीमत है कि ईश्वर की कृपा से बच्ची इतने दिनों हमारे साथ रही वरना दिल की इस गंभीर बीमारी ने तो इसे बचपन में ही हमसे छीन लिया होता। परमात्मा भी हम सब की तरह उससे बहुत प्यार करता है इसीलिए।"

कांची नैनी

भोर की मीठी और गहरी नींद से किसी ने उसे झकझोर कर जगा दिया। माँ थी, "अरी उठ वृंदा जल्दी उठ! अरी सुन तो ....अपनी कांछी नानी चल बसी।" इस बुरी खबर ने वृंदा की नींद तो क्या, चेतना को भी उड़ा दिया। चेतना शून्य होकर वृंदा कई देर तक यूं ही बैठी रही तो माँ घबरा गई और वृंदा के माथे पर प्यार से हाथ फेरकर कहने लगी, "धैर्य रख बिटिया, कांछी को तो जाना ही था। ना-ना कर के सौ बरस की तो हो ही गई होगी। अब और कितना जीती भला। वैसे भी आजकल कितना बीमार रहने लगी थी।"

वृंदा अचानक रो पड़ी और रोते-रोते मझली बहन को फोन मिलाने लगी। माँ ने देखा तो उसके हाथ से रिसीवर छीनकर वापस फोन पर पटक दिया। "ये क्या कर रही है पगली? इतनी दूर बैठी बहन को क्यों परेशान कर रही है। वो अकेली वहाँ दुखी होकर रोती रहेगी, क्या फायदा? चलो अब तुम भी रोनाधोना बंद करो, हाथ मुँह धोकर कुछ खाओ-पीओ।"

माँ की बात सुनकर वृंदा और अधिक भावुक हो गई और कहा, "माँ! आपको खाने की पड़ी है? हम सबकी प्यारी कांछी नानी मर गई और आप.....।" उसने रजाई एक तरफ फेंकी और पापा के कमरे की ओर दौड़ी। पापा-पापा पुकारती हुई वह कमरे में घुसी तो देखा पापा सर पकड़े सोफे पर उदास से बैठे है।

वृंदा की आवाज सुनकर उन्होंने सर ऊपर उठाया तो उनका चेहरा देखकर वृंदा समझ गई कि कांछी नानी की खबर उनको भी मिल गई है। वह धीरे से पापा के करीब गई और नीचे बैठकर उनके घुटनों पर सर रख दिया। उसने अपनी रुलाई रोकने की कोशिश तो बहुत की, मगर रोक नहीं पाई। पापा ने उसे रोने दिया और उसके सिर पर हाथ फेरते रहे।

वृंदा जब थोड़ी शांत हुई तो उन्होंने कहा, "हमारी कांछी नानी बहुत अच्छी थी न इसलिए भगवान ने उसको अपने पास बुला लिया। सालों से उसने हमारी बिना किसी लालच के बहुत सेवा की, अब वो थकने लगी थी बेटा। अभी पिछले हफ्ते ही मैं उसे देखने गया था, बहुत तकलीफ में थी। जानती हो मरणासन्न अवस्था में भी उसने मुझे पहचान लिया और उठकर बैठने की कोशिश करने लगी। हैरत की बात तो ये कि वो तुम सभी बच्चों को याद कर रही थी। तुम्हारी बड़ी बहनों से भी मिलना चाह रही थी।" यह सब उसे बताते हुए पापा हँसने भी लगे और शायद रोने भी।

वृंदा ने जब पूछा कि क्या वो कांछी नानी को देखने जा सकती है, तो पापा ने धीमी आवाज में कहा, "नहीं बेटा, ऐसी जगह पर बच्चों को नहीं जाने देते।" वृंदा को उदास देखकर कहने लगे, "घबरा मत, मैं जाऊंगा न उसे अंतिम सलाम देने। इतना सम्मान तो बनता ही है, हकदार है वो इसकी।" यह सुनकर वृंदा के चेहरे पर कुछ इत्मीनान दिखा।

आज घर में बस कांछी नानी की ही बातें हो रही थी। उसकी अंतिम यात्रा में शामिल होने के लिए पापा जा रहे है, ये सुनकर बड़े ताया जी ने तुरंत ही मना कर दिया। "अरे!

ये मोहन भी अलग ही दीवाना है। अब नौकरानी के अंतिम संस्कार में मालिक जायेंगे? ठीक है, कोई आवश्यकता हो तो खर्चा-पानी दे दो। घर की औरतें जा तो रही हैं उसके घर!! तुम इस उम्र में कहाँ इतनी दूर जाओगे? इन नेपालियों का श्मशानघाट बहुत दूर है और गाड़ी-घोड़े की व्यवस्था कहाँ से करेंगे ये गरीब!! मेरी तो समझ के बाहर है यह बात। जाने कैसे तुमलोगों के दिमाग में ये फजूल ख्याल आते है और ये मोहन तो है ही ऐसा। मालिक नौकर में कुछ तो तफरका होना चाहिए। कह दो उससे मैंने मना किया है।"

कोई और होता तो पापा ये बात हरगिज नहीं मानते मगर ताया जी के सामने वे कुछ बोल नहीं पाए। उन्होंने मगर ये जिद जरूर ठान ली कि किसी न किसी को तो शवयात्रा में भेजना ही होगा। कांछी नानी की जिंदगी भर की सेवा को इतना सम्मान तो मिलना ही चाहिए। कोई दूसरा वहाँ जाने में अपनी हीनता समझता हो तो फिर अंतिम विकल्प मैं हूँ, मैं ही जाऊँगा। पापा की इस जिद के आगे किसी की कोई दलील काम नहीं आई। सबकी आनाकानी के बाद वृंदा के छोटे भाई को शवयात्रा में शामिल होने को कहा गया। घर का सबसे छोटा लड़का, बड़ों के आगे नतमस्तक हो गया। वृंदा और उसके पापा कई दिनों तक नाराज और उदास रहे।

"कांची नैनी" जिसे इस घर में सभी कांछी नानी कहकर पुकारते हैं, नेपालन थी। नेपाली भाषा में प्यार से कांचा और कांची परिवार के सबसे छोटे बेटे और बेटी को कहते हैं। नेपाली भाषा का यह शब्द इतना प्रचलित है कि नेपाल से बाहर भी आसपास के इलाकों में जहाँ नेपाली लड़के-लड़कियां दिखाई देते हैं लोग उन्हें कांचा-कांची कहकर पुकारने लगते हैं।

कांची इस घर में वृंदा के पापा की नैनी बनकर आई थी। तब वह बीस बाईस साल की नवयुवती थी। उसका पति काम की तलाश में वृंदा के पड़दादा के पास आया तो उसकी पत्नी को नैनी के रुप में काम पर रख लिया गया।

वृंदा के पापा उस समय नवजात शिशु ही रहे होंगे। सुंदर स्वरूप, नेपाली परिधान पहने, माथे पर सुर्ख लाल बड़ी-सी बिंदिया और मांग में ढेर सारा सिंदूर भरे, गले में तिलहरी, हरे काँच के बारीक मोती की सतलड़ी में पिरोया हुआ पारंपरिक नेपाली मंगलसूत्र, हाथ और पैरों में चाँदी के मोटे-मोटे कड़े डाले इस तरुणी को उसी समय से कांची कहकर संबोधित किया जाने लगा। घोर आश्चर्य की बात है कि कांची का असली नाम घर में कोई भी नहीं जानता। कांची का अपभ्रंश कांछी और नैनी को बच्चों ने नानी पुकारना शुरू कर दिया।

कांछी बड़ी तन्मयता से अपने सारे काम करती थी। बच्चे की तेलमालिश करना, उसे नहलाना-दुहलाना, उसके कपड़ें धोना और बाकी समय उसे पीठ पर बाँध कर घूमना।

पहाड़ों में ऊँचे-नीचे रास्तों पर चलने के लिए लोग बच्चों को गोद में उठाने की बजाय पीठ पर कपड़ें की सहायता से बाँध लेते हैं। इससे एक तो उठाने वाले को चलने में सहूलियत होती है, दूसरे दोनों हाथ खुले रहते हैं और बच्चा भी आराम से पीठ से लग कर सोता रहता है। कांछी बच्चे के सो जाने पर उसकी माँ के काम भी कर देती। उसकी बच्चे के प्रति जिम्मेदारी और प्रेम देखकर सभी बहुत खुश थे। बड़े परिवारों में जहाँ एक बच्चा बड़ा हुआ तो दूसरा आ गया और फिर नैनी की ड्यूटी कांछी को लगातार सुपुर्द कर दी जाने लगी।

धीरे-धीरे वह इस घर का और बच्चों के जीवन का एक आवश्यक हिस्सा हो गई। जब बच्चे बड़े होकर नैनी की जरूरत से बाहर हो गए होते तो वह छोटे-मोटे घरेलू काम कर दिया करती थी। कपड़े धोना-सुखाना, बर्तन साफ करना, झाड़ू पोंछा करने के अलावा बच्चों को स्कूल छोड़ना, वापस लाना, उनका टिफिन पहुंचाना जैसे अनगिनत काम उसके हिस्से आ गए। वृंदा की स्कूल में भी कांछी नानी टिफिन लेकर आती। टिफिन टाइम होने से बहुत पहले ही आकर पेड़ की छांव में बैठी रहती। गरम-गरम भोजन से भरा टिफिन खोलकर बड़े प्यार से वृंदा और उसकी बहन को नानी खाना खिलाती, हाथ धुलवाती और मुँह पोंछकर मुस्कुरा कर 'जांछो' कहकर चली जाती।

उसके सेवा भाव से खुश होकर वृंदा की दादी ने दादाजी से कहकर अपनी खाली पड़ी जमीन पर एक टीन का कच्चा घर बनवा कर दे दिया था। इसके बाद कांछी नानी पूरी तरह से इस घर की हो गई।

उसका अपना भी परिवार था मगर वह इस घर के लिए अच्छा खासा वक्त निकाल लिया करती थी। उसकी कुछ बहुत ही खास बातें थी, एक तो वह जीवन भर नेपाली भाषा के अलावा कोई दूसरी भाषा नहीं सीख पाई। जिसके कारण घर के केवल वही सदस्य उसकी बातें ढंग से समझ पातें और अपनी समझा पाते थे जिन्हें नेपाली आती थी।

कई दफा बड़ी ही मनोरंजक स्थितियां पैदा हो जाती जब हमारी दादियों से उसका पाला पड़ता जिनको नेपाली नहीं आती थी। अब दादी हिंदी में उससे कहती कुछ, वह कुछ और समझ जाती और फिर मचता हंगामा, कभी इसका उल्टा भी

देखने को मिलता। बच्चे खूब तालियां बजाकर-बजाकर हँसते। ऐसे अवसर कभी-कभी ही आते क्योंकि एक बार बताएं काम को वह बिना नागा और बिना दोबारा कहे, पूरी आस्था से करती।

दूसरी बात, कांछी मर्दों की तरह बीड़ी पीती थी जो परिवार के छोटे बच्चों को बहुत मजेदार बात लगती। बच्चे ओनों-कोनों में छुपकर कांछी नानी की तरह बीड़ी पीने का अभिनय करते। कभी-कभी बुझी हुई बीड़ी के टुकड़ों को उठाकर मुँह से भी लगाकर देखते।

तीसरी खास बात, एकदम भी पढी-लिखी नहीं होने के कारण उसे रुपये-पैसों का हिसाब बिल्कुल नहीं समझ आता। जो भी हाथ में धर देते ले जाती और दूसरे दिन कहती, पिछली बार से चार नोट कम मिले। दरअसल उसे नोटों की संख्या तो किसी तरह समझ आ जाती मगर छुट्टे और बंधे नोट का गणित वो कभी नहीं समझ पाई। पहले उसकी पगार उसका पति ले जाता था मगर बाद में जैसा कि अक्सर ऐसे परिवारों में होता है पति के शराब पीने की गंदी लत के चलते वह पैसे खुद लेने लगी। पति या जवान होते बच्चों के हाथ पगार लग जाती तो महीने भर का खर्च चलाना बेचारी को भारी हो जाता।

कांछी चूंकि सुबह-सुबह ही काम पर आ जाती थी तो सुबह का नाश्ता-चाय, फिर दोपहर का भोजन और शाम की चाय उसे यहीं मिल जाती। कांछी नानी की सबसे बड़ी खासियत थी, उसकी काम के प्रति निष्ठा। जो काम उसे एक बार सौंप दिया जाता उसका निर्वाह वह अटूट आस्था व धार्मिकता के साथ करती थी। इसका एक उदाहरण तो ये

कि घर के कपड़े धोने का काम उसे जबसे सौंपा गया उसके बाद, यदि किसी दिन धोने के कपड़े कम होते या नहीं होते तो बिस्तरों की चादरें उतार-उतार कर धोने ले जाती। सोये हुए बच्चों को इधर-उधर ढकेल कर बिस्तरों की चादरें खींच ले जाती।

दोपहर बाद काम खत्म करके अपने घर चली गई और बरसात आ गई तो छत पर सूखने के लिए डाले कपड़े उतारने भागी चली आती। घर की महिलाएं निश्चिंत रहती चाहे बारिश आये या तूफान, कपड़ों की चिंता उन्हें नहीं करनी पड़ती, कांछी नानी जो थी.... यही हाल बच्चों की ड्यूटी और बर्तनों की सफाई के साथ भी था। उसे कभी भी पूजा पाठ तो क्या, भगवान के सामने हाथ जोड़ते भी नहीं देखा। सही मायनों में जैसे गीता के संदेश को उसी ने आत्मसात किया। उसका कर्म ही उसका धर्म था।

कांछी नानी ने कभी भी तनख्वाह बढाने की दरख्वास्त नहीं की। कभी-कभी कपड़े पुराने हो जाते तो परिवार की ब्याहता बेटियों से साड़ी माँगा करती थी जब वे पीहर आती। इस बात से वृंदा की माँ और दादियां नाराज भी हो जाती कि हमसे क्यों नहीं माँगती? वृंदा से मगर अक्सर वह दो रूपये माँगा करती थी और किसी को पता न चले इसकी खबरदारी भी रखने का अनुरोध करती। ये दो रुपये वो बीडी खरीदने के लिए माँगती थी। घर के सभी बड़े अब उसके बीड़ी पीने का विरोध जो करने लगे थे इसलिए छुप-छुप कर बीड़ी पीया करती।

उसका अपना परिवार था मगर तब भी वह इस परिवार के बच्चों से बहुत स्नेह और ममता रखती थी। उसे कभी भी

अपने बच्चों की बातें करते नहीं सुना। उसने बहुत ही बारीकी से अपनी दुनिया को दो हिस्सों में बांट रखा था और दोनों जिम्मेदारियों को बखूबी निभाया।

उसने अपने जीवन भर की इस नौकरी में कभी एक दिन की भी छुट्टी नहीं ली सिवाय अपनी बीमारी या अपने बच्चों की शादी-विवाह के...। एक बार बुखार से पीड़ित कांछी नानी चार-पांच दिन काम पर नहीं आई तो घर में हंगामा मच गया। घर की महिलाओं को तो उसने काम करने लायक ही नहीं छोड़ा हुआ था। ऐसे में वृंदा के पापा उसे देखने उसके घर गए तो वह अचेतावस्था में अकेली घर पर पड़ी मिली। वृंदा के पापा उसे अपनी पीठ पर लादकर टैक्सी स्टैंड तक लाएं और अस्पताल ले गए। ठीक होते ही कांछी फिर बिना किसी देर के अपनी ड्यूटी पर हाजिर....।

ऐसी कांछी नानी को, आज अंतिम सलामी देते समय लगाया गया यह मालिक-नौकर का हिसाब, घर में किसी के भी गले नहीं उतरा। किसी ने भी मगर इस बात का ना तो विरोध किया और ना ही दिल से लगाया। वृंदा और उसके पापा लेकिन ऐसे अपराध बोध से घिर गए जिससे शायद वे कभी नहीं उबर पायेंगे....।

कहानी

"कहानी क्या होती है... कुछ काल्पनिक मनगढ़ंत घटनाओं का सुंदर रचाया गया ताना-बाना या जिंदगी के अनुभवों के आधार पर लिखी हुई, कुछ-कुछ जिंदा और कुछ मुर्दा ख्यालों से बुनी अधपकी, अधकचरी या अधजली मशालों-सी, या ज्ञान पुष्पों की लड़ियाँ पिरोती, सपनों की दुनिया में पहुंचाती, उलझनों को सुलझाती या उलझाती, मनोरंजक या ऊबाऊ सी, छोटी-बड़ी, समय काटने के लिए या मनोविज्ञान समझने के लिए या बस यूं ही बाँची जाने वाली या काली स्याही से उकेरे गए कुछ शब्दों-वाक्यों का लंबा चलने वाला सिलसिला...।"

मंच पर खड़ा एक प्रसिद्ध कहानीकार, साहित्यकारों से खचाखच भरी सभा में कहानी को परिभाषित करने का प्रयास कर रहा था। सभी बड़े ध्यान और मनोयोगपूर्वक उसे सुन रहे थे। बीच-बीच में सभागार तालियों की गड़गड़ाहट से गूंज उठता। ऐसे माहौल में इन सबके बीच बैठी एक लड़की लगातार जम्हाईयाँ ले रही थी।

सोनाली अपनी बड़ी बहन, जो की एक उभरती हुई लेखिका है, के साथ पूना में हो रहे एक साहित्य सम्मेलन में आ तो गई, मगर अब पछता रही थी। सोचा था, सोनाक्षी अपने साहित्यकार दोस्तों में उलझी रहेगी और वह पूना घूम लूंगी। लेकिन यहाँ, उसका यह सपना पूरा होता दिखाई नहीं दे रहा

था। यह सम्मेलन शहर से मीलों दूर एक औद्योगिक क्षेत्र में आयोजित किया गया था। यहीं, सारे मेहमान साहित्यकारों को अस्थाई आवास बना कर ठहराया गया। बहुत शानदार व्यवस्था थी। खाने-पीने और मनोरंजन की बढ़िया से बढ़िया सुविधाएं उपलब्ध कराई गई थी।

सब कुछ होने के बावजूद सोनाली का मन नहीं लग रहा था, जबकि आज तो दूसरा ही दिन है। अभी तो पूरा सप्ताह बाकी था। दूरी के कारण और आने जाने के साधन के अभाव में वह अकेली पूना नहीं जा पा रही थी। मजबूरी में उसे सोनाक्षी के साथ, इन साहित्यकारों की साहित्यिक भाषा से लबरेज, बड़ी-बड़ी घुमावदार बातों से भरे भाषणों को सुनना पड़ रहा था। वह बुरी तरह से उकता गई थी।

तभी एक बहुत ही सुदर्शन और आकर्षक-सा युवक मंच पर आया। उसका परिचय एक नये उभरते कवि के रूप में कराया गया, जिसकी हाल ही में कविता की कुछ किताबें प्रकाशित हुई हैं। कवि का नाम बताया गया 'धीर कुमार'। बहुत कम समय में उसके लेखन शैली को खूब सराहना मिली है।

सोनाली को इन सब बातों में तो कोई खास रुचि नहीं थी मगर उस कवि ने उसका ध्यान जरूर आकर्षित कर लिया था। धीर कुमार ने बड़े सुंदर अंदाज में अपनी कविता का पाठ किया। कुछ देशभक्ति के जोशीले गीत सुरीली आवाज में गाए। सभा में बैठे अन्य कवि व शायरों ने बड़ी दाद दी। सोनाली भी मुग्ध होकर उसे सुनती रही। अंत में कवि धीर ने एक प्रेम गीत गाया। सारी महफिल झूम उठी। ढेर सारी प्रशंसा बटोरकर धीर मंच से विदा हुए।

सभा समाप्त होने के बाद रात खाने के वक्त लगभग सभी मेहमान इकट्ठा हो आपस में तरह-तरह की चर्चाएं करते दिखाई दे रहे थे। सोनाली की आँखें किसी को ढूंढ रही थी। काफी देर इधर-उधर घूमने के बाद भी कवि धीर नजर नहीं आया तो सोनाली निराश हो कर जाने लगी।

डाईनिंग हॉल के बाहर आते ही उसे वो एक कोने में युवा कवियित्रियों से घिरा दिखाई दिया। अब तो निराशा और बढ गई। उसे तो साहित्य के नाम से ही चिढ़ थी। उसने तो स्कूल में भी कभी ढंग से हिंदी या अंग्रेजी की कविताएं नहीं पढी। उसे सबसे कम अंक लिटरेचर में ही मिलते थे।

वह वहाँ से निकलने लगी कि पीछे से किसी ने टोका - "हाइ ब्यूटीफुल गर्ल!!" सोनाली ने पलटकर देखा, हाथ में गिलास उठाए वो धीर ही था। सोनाली ने अपने आप से कहा, "सुबह हिंदी के बड़े-बड़े शब्दों का प्रयोग करनेवाले कवि धीर शाम को अंग्रेजी चढा कर अंग्रेजी बोल रहे है।" उसने भी मुस्कुरा कर अभिवादन स्वीकार किया।

"क्या आपका परिचय पा सकता हूं?" धीर के पूछने पर सोनाली ने अपने परिचय के साथ अपनी बहन का भी उल्लेख किया ताकि उसको धीर सिरे से नकार न दे। जिन लड़कियों से धीर घिरा हुआ था वे सभी साहित्य से किसी न किसी रुप में जुड़ी हुई थी। यहाँ सोनाली जैसा शायद ही कोई और होगा। जाने क्यों, इस वक्त सोनाली को अपनी यह कमी खलने लगी। कुछ औपचारिक बातें करने के बाद धीर उन साहित्य प्रेमी बालाओं के साथ डाईनिंग हॉल में चला गया।

दूसरे दिन सोनाली अपनी बहन के साथ नाश्ता करने आई तो उसे धीर मिल गया। उसने बातों ही बातों में पूना शहर का

जिक्र किया तो सोनाली एकदम से उछल पड़ी। वह यहाँ पूना घूमने के मकसद से ही आई है यह भी बता दिया। फिर क्या था, धीर ने उसे अपने साथ पूना आने का अनुरोध किया। अंधा क्या मांगे दो आँख, सोनाली की तो मुँह मांगी मुराद पूरी हो गई। सोनाक्षी ने भी सोचा चलो सोनाली की चिड़चिड़ से मुक्ति मिली। सोनाली के तो बस पर ही लग गए।

वह झटपट तैयार होकर आ गई लेकिन यह देखकर उसका सारा उत्साह ठंडा पड़ गया कि धीर के साथ तो कल रात वाली सारी साड़ी-धारी कन्याओं की टोली भी तैयार खड़ी थी। एक पल को लगा कि वो कोई बहाना बना कर उसके साथ जाने से इंकार कर दे। लेकिन वह ऐसा नहीं कर सकी।

एक छोटी बस का जुगाड़ बैठा लिया था कवि महोदय ने और अब सभी लड़कियों पर अहसान-सा जताते हुए ले चले पूना की ओर।

शहर घूमते हुए पूरा समय सारी लड़कियां कवि महोदय के इर्द-गिर्द मंडराती रही और अपनी बातों से उसे प्रभावित करने की हर तरह से कोशिश में लगी नजर आई। सोनाली अपने आप को इन सब के बीच अकेला और उपेक्षित महसूस कर रही थी। बहुत कोशिश की कि वह जिस शहर को देखने के लिए यहाँ आई है उस पर अपना ध्यान केंद्रित करे। मगर जितनी कोशिश वह धीर की तरफ से अपना ध्यान हटाने की कर रही थी उतना ही वह चुम्बक की तरह उसे अपनी ओर खींच रहा था। हालांकि ऐसा नहीं था कि वह सोनाली की तरफ से बेखबर था मगर उन सारी लड़कियों ने उसे बेतरह उलझा रखा था। वह सारे दिन अनमनी से उस टोली के साथ घूमती रही।

शाम को वापस लौटने पर बिना किसी से कुछ कहे सुने वह अपने कमरे में चली गई और बिस्तर पर औंधे मुंह पड़ कर खूब रोई। सोनाक्षी कमरे में आई तब तक तो वह सो चुकी थी। अगले चार दिन वह कहीं न कहीं धीर से टकराती रही मगर उसने धीर में कोई दिलचस्पी नहीं दिखाई। सोनाली को समझ आ गया था कि ये सभी लोग एक अलग ही ग्रह के प्राणी हैं इनके साथ उसका कोई तालमेल नहीं। मगर धीर जब कभी भी उसके आसपास होता तो कुछ न कुछ बातें जरूर करता और सोनाली से जुड़ने की कोशिश करता। सोनाली उसकी उपेक्षा कर, खुद के अहंकार को संतुष्ट करने में खुश हो रही थी।

सम्मेलन समाप्त हो गया। सब अपने घर वापस लौटने लगे। सोनाली धीर के लिए व्याकुल हो रही थी मगर उसने अपने आप को रोके रखा।

बसों में बैठते समय अचानक धीर कहीं से सामने प्रगट हो गया और कहने लगा, "भई कहाँ रहती हो तुम? मैं तुम्हें ढूंढ-ढूंढ कर परेशान हो गया।" उसने झुक कर बड़े शायराना अंदाज में कहा, "अबके बिछड़े जाने कब मिले, कोई अता-पता, कोई निशानी तो दे दो....कभी याद आई तो कहाँ ढूंढेंगे तुम्हें?" धीर ने एक कागज पर लिखा अपना फोन नम्बर उसे पकड़ा दिया।

सोनाली का अहंकार संतुष्ट हुआ और उसने भी अपना फोन नम्बर धीर को दे डाला। दोनों ने मुस्कुरा कर एक दूसरे को विदाई दी और अपनी-अपनी बसों में सवार हो गए।

घर लौटे काफी वक्त बीत गया। सोनाली अपनी पढ़ाई में व्यस्त हो गई। मगर जब भी फोन की घंटी बजती वह

भागकर फोन उठाती इस आस में कि शायद धीर का फोन हो। धीर ने उसे याद नहीं किया यह सोच कर उसे बहुत गुस्सा आता। बात ही नहीं करनी थी तो फोन नम्बर क्यों लिया? धीर का ख्याल सोनाली को जब तब परेशान करता रहता।

एक दिन अपनी परेशानी से उकताकर उसने ही धीर को फोन लगा दिया। धीर ने बड़े उत्साह और आत्मीयता के साथ सोनाली से बात की और खुद फोन नहीं कर पाया इसके लिए क्षमा भी मांगी।

अब दोनों के बीच बातों का सिलसिला लगातार चलने लगा। कभी सोनाली फोन करती कभी धीर... सोनाली उससे जितनी बार बातें करती उतनी ही धीर की मीठी-मीठी बातों की गिरफ्त में फँसती जाती।

सोनाली और सोनाक्षी दोनों जुड़वां बहने हैं। सोनाक्षी से उसकी हालत छुपी नहीं रही। वह गाहे-बगाहे उसे चेताया भी करती कि हम बिन माँ-बाप की बच्चियों के साथ कोई कितना गंभीर है ये जानना बहुत जरूरी है। सोनाली सातवें आसमान पर उड़ रही थी इसलिए सोनाक्षी की बातें उसे बेमानी लगती।

यूं ही सपने की तरह रोमांच से भरी जिंदगी चल रही थी कि एकाएक धीर के फोन आने बंद हो गए। सोनाली फोन करती तो वह फोन नहीं उठाता।

कम उम्र और कम अक्ल सोनाली महीनों से उससे बातें कर रही थी लेकिन कभी उसके घर का अता-पता नहीं पूछा। अब वह उसे कहाँ ढूंढे? उसे डर लग रहा था कि कहीं

उसे कुछ हो तो नहीं गया। बीमार तो नहीं है? कहीं कोई एक्सीडेंट.....तरह-तरह के बुरे ख्यालों में डूबी सोनाली दीवानी-सी हो गई।

वह रोज बिना नागा किए उसे बार-बार फोन लगाती। कोई नहीं उठाता तो कभी चीखती-चिल्लाती तो कभी जोर-जोर से रोने लगती। सोनाक्षी ने उसकी बिगड़ती हालत को देख कर अपने साहित्यिक दोस्तों से धीर का पता-ठिकाना ढूंढने की गुजारिश की।

कुछ दिनों बाद कोई उसका एक नया फोन नम्बर लेकर आया। सोनाली ने बड़ी बैचेनी के साथ फोन मिलाया। उसकी धड़कनें बेकाबू हो रही थी। घंटी बजे ही जा रही थी। सोनाली निराशा की खाई में गिरकर डूबने ही वाली थी कि किसी ने फोन उठा लिया।

धीर ही था, उसी चिरपरिचित-खुशगवार आवाज में उसने पूछा, "कौन?" सोनाली टूट कर बिखर गई.....। उससे पूछ रहा है कि कौन? अपनी रुलाई को दबाते हुए वह बोली, "मैं सोनाली...।" धीर ने हमेशा की तरह खुश होकर वैसे ही पुराने अंदाज में सोनाली से कहा..."अरे तुम!! कहाँ थी इतने दिनों? आज मेरी याद कैसे आई??" सोनाली दुख और गुस्से से बावली हो रही थी लेकिन अपनी आवाज को संयमित करके उसने धीर से पूछा कि वो कहाँ था इतने दिन?

बड़ी ही सहजता से धीर ने उसे बताया कि उसने किसी अरबपति की एकलौती बेटी से शादी कर ली है और आजकल उसके पिता का बिजनेस संभाल रहा है। अपने छोटे और प्यारे से परिवार के साथ विदेश में ही रहता है। ये फोन नम्बर उसकी भारत की ऑफिस का है।

सोनाली ने तीखी आवाज में व्यंग्यात्मक ढंग से पूछा, "कवि महोदय बिजनेस कर रहे है तो फिर उनकी कविताओं और प्रेम गीतों का क्या हुआ जो वो साहित्य सम्मेलनों में मंच पर खड़े होकर गाया करते थे?"

बड़ी ही आसानी और सहजता से धीर ने हँसकर कहा, "अरे वो सब तो टाईम पास था। कविताओं से कहीं पेट भरता है किसी का?" और जोर-जोर से हँसने लगा। सोनाली ने फोन पटक दिया। सोनाक्षी को लग रहा था कि उसे पागलपन का दौरा पड़ गया क्योंकि सोनाली के सामने जो भी चीज आ रही वह उन्हें उठा-उठाकर पटक रही थी। सोनाक्षी हतप्रभ थी कि धीर ने आखिर ऐसा क्या कह दिया सोनाली को, कि वह इतना अधीर हो गई।

दो-एक सालों बाद, सोनाली मंच पर खड़ी एक से बढकर एक, स्वयं रचित विरह गीत गा रही है। सारा सभागार मंत्रमुग्ध हो कर उसे सुन रहा है। आखिरी गीत के खत्म होते ही सभागार तालियों की गड़गडाहट से गूंजने लगा। उसके मंच से उतरते ही लोगों ने उसे घेर लिया और उसकी रचनात्मकता की दाद देने लगे। सोनाली ने देखा, ढेर सारे नवयुवक कवियों ने उसे घेर लिया और उसका ध्यान आकर्षित करने का प्रयास करने लगे। इस राष्ट्रीय साहित्य सम्मेलन में आज सर्वत्र सोनाली के गीतों की ही चर्चा हो रही हैं।

किट्टी पार्टी

सरिता जल्दी-जल्दी अपना काम खत्म करने में लगी थी। उसकी स्पीड देखकर उसके पति और बेटी एकदूसरे को देखकर मुस्कुराए। सरिता के पति ने पत्नी का मजाक उड़ाते हुए बेटी से कहा, "क्या बात है, आज तुम्हारी मम्मी के घुटने नहीं दुख रहे हैं। बड़ी मुस्तैदी से काम-धाम किया जा रहा है। आज मेरे अखबार पढने से भी इनको कोई शिकायत नहीं हुई और ना ही बिटिया के अभी तक बिस्तर पर पड़े रहने और टीवी देखने से?।" यह कहकर वो कनखियों से सरिता की ओर देखने लगे।

उनको मालूम था कि आज वहाँ से किसी करारे जवाब की आशंका नहीं के बराबर है। सचमुच सरिता ने उनकी बात को कोई तवज्जो नहीं दी। पापा ने बेटी को आँखों से इशारा किया कि तुम छेड़ो.....

अब बेटी ने माँ को चिढाते हुए कहा, "मम्मी थोड़ी देर बाद धो लेना बरतन, तुम्हारी खटपट से टीवी की आवाज ही नहीं सुन पा रहे हैं हम ढंग से।" सरिता के हाथ बर्तनों पर दुगुनी गति से चलने लगे।

बेटी की हिम्मत बढ़ी उसने पापा के बढ़ावे पर एक और ट्राई मारा। "मम्मी, एक काम करों, जरा मेरे और पापा के लिए दो पैकेट मैगी बना दो।"

अचानक होने वाले हमले के लिए पापा-बेटी दोनों ही तैयार नहीं थे। सरिता ने मैगी का नाम सुनते ही हाथ में पकड़ा हुआ भगोना पापा-बेटी की तरफ जोर से फेंका। बाल-बाल बचे दोनों। मम्मी ई ई.... सरिता आ आ....दोनों की चीख निकल गई।

अपने दोनों हाथ कमर पर रखे सरिता उन दोनों की छाती पर खड़ी थी। थकावट, हड़बड़ी, टीस मारते हुए घुटने और ऊपर से इन दोनों बाप-बेटी की टर्र-टर्र से आग बबूला हो कर कहने लगी, "कल रात ही एलान कर दिया था कि मुझे कल किट्टी पार्टी में जाना है। जल्दी-जल्दी काम निपटा लेना।

रविवार का मतलब यह तो नहीं की, दिन भर बिस्तर तोड़ते रहो, जब जी चाहे ऊलजलूल मांग करो और सारे घर को कबाड़ खाना बना दो। अरे! हमें रविवार की छुट्टी क्यों नहीं मिलती कभी। तुमलोगों को रविवार का बहुत इंतज़ार रहता है न! मुझे डर लगता है रविवार से। रविवार को बाई छुट्टी लेकर घर बैठ जाती है। वो भी क्या करे बेचारी? उसके घर में भी तो तुम्हारे जैसे खाट तोड़ने वाले कामचोर रहते होंगे। जिन्हें दिनभर घर के कभी न खत्म होने वाले काम बेकार और फालतू लगते हैं।"

उसने पति की जैसी आवाज और शक्ल बनाकर कहा, "अरे! करती क्या हो दिन भर, यही कहते रहते हो न तुम? एक महीना घर बैठो और संभालो अपनी गृहस्थी। तुम सब कभी नहीं समझोगे कि ये घर का काम, एक कभी न खत्म होने वाला बेढंगा चक्रव्यूह है, जिसमे औरत अपनी मर्जी से घुस तो जाती है मगर फिर कभी भी बाहर निकल नहीं

पाती। इसमें फँसी रहने वाली औरत दिन-रात चक्की की तरह पिसती रहती है।

इनाम में क्या मिलता है? फूहड़ता से भरे मजाकिया जुमले.....दिन भर हाथ में फटका लिए घूमती रहती है, डिसआर्डर है एक प्रकार का, सफाई की बीमारी है। कहाँ है गंदगी? हमें तो नहीं दिखती........क्यों नहीं दिखाई देती आपको, सोचा है कभी? क्योंकि कोई है जो घर गंदा होने ही नहीं देता।

घी-तेल-मसाले उँडेल कर बनाया गरिष्ठ भोजन खिला-खिला कर सबका स्वास्थ्य बिगाड़ दिया है, यही कारण बताते फिरते है न अपनी बाहर निकल आई तोंद और आलस को छुपाने के लिए। एक दिन घर में सादा भोजन बनाओ तो बच्चे होटलों में पहुंच जाते हैं। पतिदेव पड़ोसन के बनाए खाने की तारीफ करने लगते हैं और सास फूहड़ता का मेडल पहना देती है।

किसी दिन कपड़ों के साथ वॉशिंग मशीन में डाल कर घुमा दो मुझे ताकि इस गृहस्थी की चक्करघिन्नी से निजात मिले।"

उसका बोलना जारी रहा, "कितना कहा था शर्माइन से कि रविवार को किट्टी मत रखो, हमारे पति राजाधिराज उस दिन घर पर आराम फरमाते हैं। हमारे राजकुमार और राजकुमारी को रविवार के दिन चौबीसों घंटे की एक बांदी चाहिए होती है, जिसको आवाज लगाते ही अल्लादीन के जिन्न की तरह कभी चाय, कभी कॉफी, कभी मैगी नूडल्स तो कभी समोसा सामने हाजिर कर दे।

शर्माइन कैसे समझेगी हम मिडिल क्लास वालों की तकलीफें? उसके घर तो हर काम के लिए नौकर-दाइयों का हूजूम हाथ जोड़े खड़ा रहता हैं। घर में आदमी चार और नौकर बीस। मैं तो तुम्हारे बॉस की बीवी को किट्टी में लेना ही नहीं चाहती थी। तुम्हीं ने रट लगाई थी न कि जरा ऊँची क्लास वालों के साथ उठा-बैठा करो, जरा शऊर सीखो। बड़े लोगों से मेलजोल बढ़ाने से उठने-बैठने का ढंग आता है आदमी को... लो आ गया ढंग। ऐसे ही चीखती-चिल्लाती है वो तुम्हारे शर्मा जी पर.....।”

गुस्से से और भी बहुत कुछ सुनाते हुए सरिता पैर पटकती कमरे में चली गई। अंदर से भी उसकी आवाज बाहर सबको सुनाई दे रही थी। शायद वह सुनाने के लिए ही जोर-जोर से बोल रही थी। आज तो रायजादा साहब बुरे फँसे। बाप-बेटी को अंदाजा नहीं था कि जिसे वो फुसकी बम समझ रहे थे वो एटम बम की तरह फूटेगी। दोनों भींगी बिल्ली की तरह चुपचाप निकल लिए और अपने-अपने बिखरे काम समेटने में लग गए। अंदर अम्मा भी गीता खोलकर बैठ गई। उसे डर लगा कहीं इस अचानक भड़की ज्वाला के अंगारे उस तक न पहुंच जाए। बेटे की तकदीर अच्छी निकली वह आज सुबह ही घर से बाहर निकल गया था।

कुल मिलाकर घर का मौसम आज दिनभर गर्म ही रहने वाला है, यह सोचकर रायजादा साहब ने जरा हिम्मत बटोरी और अपने कमरे में आए, जहाँ सरिता अभी भी बड़बड़ा रही थी।

गला खंखार कर पति ने पत्नी से बड़े मीठे स्वर में पूछा, “कहाँ जाना है तुम्हें किट्टी के लिए, चलो मैं छोड़ आता हूँ।”

जितना मीठा सवाल था उतना ही कड़ुआ जवाब मिला, "क्यों शर्माइन से मिलना है तुम्हें?"

रायजादा साहब को समझ आ गई कि आज संधि या युद्ध विराम की कोई गुंजाइश नहीं। वो चुपचाप आकर ड्राईंगरुम में बैठकर मटर छीलने लगे। बेटी भी पापा की सहायता में जुट गई।

अंदर से आवाजें अभी भी बाहर आ रही थी। "इस रोज-रोज की ऊबाऊ रुटीन से निकलकर कुछ देर अपनी जैसी ही थकी-माँदी सहेलियों से मिलकर अपना दुख-दर्द बाँट लेती हूं। हमसे बात करने की इस घर में किसी को फुरसत ही कहाँ हैं। पति दिनभर अखबार में नाक घुसेड़े बैठा रहता है, बेटी को आईने से ही फुर्सत नहीं मिलती और बेटा माँ के सामने पड़ते ही फोन पर अंग्रेजी में बतियाने लगता है जैसे माँ तो कभी स्कूल गई ही नहीं।

सास सामने गीता खोलकर, बेटी से दिनभर हमारी चुगलियां करती रहती है। जबसे मुआ मोबाइल हाथ में आया है, कौन कितनी बार छींका, कितने कप चाय पी, कितनी रोटियां खाई, पल-पल की खबरें बेटी को पहुंचाई जाती हैं। अब अगर हम सहेलियाँ एक दिन आपस में जरा-सा हँस-बोल लेती हैं तो क्या मसला है आपको। किट्टी के बहाने, मसालों की गंध से बाहर निकलकर कुछ नया पहन-ओढ़कर अपने आप को तरोताजा कर लेती हैं। वहाँ कोई नहीं कहता कि इस उम्र में भी ये साज श्रृंगार क्यों। वहाँ कोई 'बूढी घोड़ी लाल लगाम' जैसे मुहावरे नहीं उछालता हमारे मुँह पर।

हम खेलती हैं, गाती हैं, झूमझूमकर नाचती हैं भले ही हमें कुछ नहीं आता। हमारे अंदर का बच्चा कुछ देर के लिए

फिर से अपना बचपन जी लेता है। एक दिन की कमाई इस खुशी से हम पूरा महीना तरोताजा रहती हैं। जिस दिन किट्टी से लौटकर आती हैं उसी दिन से अगली किट्टी का इंतजार करने लगती हैं। वहाँ हमारी राह तकती हैं हमारी सहेलियाँ, हमें देखते ही दौड़कर गले से लग जाती हैं।

यहाँ किसको फिक्र हैं मेरी भावनाओं की। यहाँ तो मेरे पहनने-ओढने को लेकर टोका-टोकी ही खत्म नहीं होती। 'तुम्हारी उम्र नहीं यह सब पहनने की, जवान बेटी की माँ हो। अभी तो उसके पहनने-ओढने के दिन हैं। कोई बेटी नहीं देगा इसके बेटे को, लोग कहेंगे सास बड़ी छम्मकछल्लो है, बहू जरा कायदे से पहनो ओढो। अरे! ये आपने क्या पहन लिया मम्मी। मेरी सहेलियों के सामने तो मत आना ये पहनकर...।' यह सब कहकर मुझे बार-बार यह याद दिलाया जाता है कि अब मेरी पहनने-ओढने की उम्र नहीं रही, मुझे सिंपल रहना चाहिए। सिंपल रहो तो सुनाया जाता है कि तुम तो समय से पहले ही बूढी हो गई हो। जरा देखो शर्मा जी की मिसेज़ को कैसे सलीके से रहती है, पता ही नहीं चलता कि इतने बड़े-बड़े जवान बच्चों की माँ है।

जरा-सा वजन बढ़ जाए तो मोटी भैंस और पतली हो गई तो कोई बीमारी लगा ली क्या? खाने को नहीं मिलता? अरे! क्या करें हम, मर जाएं??? कोई भी अपनी मर्जी या शौक से बूढा नहीं होता। बुढापा अपने आप आता है। हाँ हाँ बूढी हो गई हूँ मैं..... सजने-सँवरने के लिए मैं बूढी हो गई हूँ, यह यहाँ छोटे से लेकर बड़े तक सबको दिखाई देता है मगर दिनभर कोल्हू के बैल की तरह काम करने के लिए मैं जवान हूँ? काम करते समय कोई क्यों नहीं कहता कि अब तुम्हारी

वो उम्र नहीं रही कि तुम दिनभर काम करों। तब बाप-बेटी-बेटे को शर्म नहीं आती, जब वह अपने ढेर सारे दोस्तों को आए दिन घर पर पार्टी के लिए ले आते है जिसकी तैयारी मे हफ्तों लग जाते हैं। सास, जो अपने ढेरों रिश्तेदारों को बुलाकर महीनों मुझसे मेहमाननवाजी करवाती है तब क्या मैं जवान होती हूँ।

अरे!! जाओ-जाओ, तुम जैसे अपनों से तो वो पराई सहेलियाँ सौ गुना अच्छी हैं जिन्हें तुम सब मोटी-थुलथुली, टुनटुन और नरकंकाल जैसे नामों से पुकार कर हँसी उड़ाते हो।"

गुस्से से तमतमाई मिसेज रायजादा ने अपना पर्स उठाया और बिना किसी से कुछ कहे घर से बाहर निकली और घर में सिर झुकाए, डरे-सहमे से बैठे लोगों के मुँह पर जोर से दरवाजा बंद कर दिया।

दरवाजे की जोरदार आवाज से मिसेज़ रायजादा की नींद खुल गई और वह हड़बड़ाकर उठी। उसे अभी-अभी देखे अपने सपने का ख्याल आया तो घबराकर चारों तरफ देखा। बाहर बच्चे आवाज लगा रहे थे, "मम्मी चाय बना", पति ने फरमाया, "चाय नहीं मुझे कॉफी पीनी है...."

"अभी लाती हूँ बेटा" कहकर उसने जल्दी से अपने बिखरे बालों का जूड़ा बनाया और बिस्तर से उतर कर सीधे बावर्चीखाने में घुस गई।

उपहार

बरगद की छांव में खेलते हुए मंगत और उसकी बहन जलेबी को उनके चाचा ने आवाज लगाई तो दोनों ने खेल छोड़छाड़ कर अपने कपड़ों से मिट्टी झाड़ी और स्कूल के बस्तों को कंधों पर लटकाए दौड़कर अपने चाचा के पास आ गए।

उनके सिर पर प्यार भरा हाथ फेर कर चाचा ने लाड़ से पूछा, "मुझे ज्यादा देर तो नहीं हो गई? क्या करूँ बेटा, सेठ छोड़ता ही नहीं है। ऐ चमन! जरा ये कर दे, ऐ चमन! जरा ये ले आ, वो ले आ......।" चाचा ने सेठजी की तरह ही पेट निकाल कर, शकल बनाकर और उनकी जैसी आवाज में ये सब कहा तो मंगू और जलेबिया हँस- हँस कर दोहरे हो गए। उन्हें इस तरह हँसता देख चमन की आँखों में चमक आ गई। तीनों बोलते-बतियाते खेतों से होते हुए घर की तरफ चल पड़े।

ये इनका रोज का नियम हैं। रोज सुबह नहा-धोकर, कुछ खा पीकर बच्चे अपने प्यारे से चाचा के साथ स्कूल के लिए निकल जाते हैं। चाची इन तीनों के डब्बों में कुछ चना-चबैना रख देती। बच्चों का स्कूल चमन के काम वाले रास्ते में ही पड़ता है। मुख्य सड़क से होकर बच्चे कच्चे रास्ते से अपनी स्कूल चले जाते और चमन बरगद के पेड़ के नीचे खड़ा होकर उस इकलौती सरकारी बस का इंतजार करने लगता जो उसे अगले गांव तक ले जाती है।

उसी गांव के एक सेठजी के यहाँ चमन मुनीम जी के हाथ के नीचे लिखा-पढी का काम करता है। लिखा-पढी तो बस नाम की है, बद्री सेठ और मुनीम जी उससे हर छोटा-मोटा काम कराते हैं। खूब खटाते, खरी-खोटी भी सुनाते मगर दोपहर को थाल भर भोजन, सेठानी अपने हाथों से परोसकर खिलाती है। ऐसे-ऐसे पकवान खाने को मिलते जो चमन जैसे गरीब आदमी ने कभी सपनों में भी नहीं देखे होंगे। कभी-कभी उसे बहुत बुरा लगता कि वह अकेला इन पकवानों का लुत्फ उठा रहा है। मंगू, जलेबी और रधिया बेचारे तो घर पर रुखा-सूखा खाते हैं।

सेठानी यूं तो बड़ी उदारता से उसे भोजन कराती मगर घर ले जाने के लिए कभी कुछ नहीं दिया। कभी-कभी वह बहाने बनाकर कि अभी पेट में दर्द है, डब्बे में भर लेता हूँ, बाद में खा लूँगा, अपना भोजन घर ले आता। बच्चे और रधिया ऐसा छक कर खाते कि चमन का पेट तो संतोष से ही भर जाता। मगर वह रोज-रोज तो ऐसा नहीं कर पाता।

एक बार तो सेठानी ने सेठजी से कहकर सरकारी डॉक्टर भी बुलवा लिया कि पेट में रोज क्यों दर्द उठने लगा। तनख्वाह कम थी मगर एक वक्त का भोजन चाय पानी और तीज त्यौहार मिलने वाले कपड़े-लत्ते और पक्की नौकरी.... कुल मिलाकर चमन अपने छोटे से परिवार और छोटी सी नौकरी से संतुष्ट था। पक्की नौकरी तो यूं कह सकते है कि आज के जमाने में इतने कम पैसों में चमन के जितना और लगन से काम करनेवाला कोई दूसरा सेठजी को मिलना असंभव था।

मंगत और जलेबी चमन के बड़े भाई-भाभी के बच्चे हैं। दोनों भाई अपनी पैतृक घर में एक साथ रहते और पिता से

विरासत में मिली छोटी सी जमीन पर खेती करके अपनी जीविका चलाया करते। चमन जब बहुत छोटा था तभी उसकी माता का देहांत हो गया। भाभी से ही उसे माँ का प्यार-दुलार मिला। माँ के बाद पिता भी ज्यादा दिन जीवित नहीं रहे। बड़े भाई रमन स्वभाव से बहुत सख्त थे। कोई गलती हो जाने पर चमन उनसे डर कर भाभी के आँचल में छुप जाता। भैया भाभी पर नाराज नहीं होते थे मगर हिदायत देना नहीं भूलते, कहते, "इसे बिन माँ-बाप का समझकर अनावश्यक दया नहीं दिखाना। अब इसका बाप मैं हूँ और तुम माँ हो। जरूरत से ज्यादा लाड़ प्यार से बच्चे बिगड़ जाते हैं। ध्यान रहे, इसे मैं अपनी तरह मजदूर नहीं बनने दूंगा। खूब पढाऊंगा-लिखाऊंगा और बड़ा आदमी बनाऊंगा।"

भाभी ने भैया की बातों को सर माथे लिया मगर अपने अंदर छुपी हुई माँ को भी निराश नहीं किया। एक सुंदर सा संतुलन बनाकर चमन को अनुशासन में भी रखा और उसके बचपने को माँ की ममता से सराबोर भी किया। भैया ने मन ही मन यह निश्चय कर लिया था कि जब तक चमन थोड़ा समझदार नहीं हो जाता वह अपनी संतान नहीं होने देंगे।

चमन जब समझदार हो गया तब भाभी के भी माँ बनने का सपना साकार होने का समय आया। चमन बहुत खुश था कि वह चाचा बनेगा पर जल्द ही यह खुशी अधूरी रह गई। भाभी कई बार माँ बनी भी लेकिन कुछ ही दिनों में बच्चे भगवान को प्यारे हो जाते। भाभी का रो-रोकर बुरा हाल हो जाता। चमन भाभी का दर्द बाँटने की हर कोशिश करता मगर बेकार। भैया भी अब ज्यादा ही खामोश रहने लगे।

भाभी आजकल चमन से भी अनमनी-सी रहने लगी। चमन को कुछ समझ नहीं आता। वह भाभी को खुश रखने का भरसक प्रयास किया करता। पढाई से समय निकाल कर घर के कामों में भाभी की मदद करता। तरह-तरह के उपहार, जैसे कभी पेड़ों से तोड़कर कच्चे आम ले आता कभी अमरुद। कभी बाग से सुंदर- सुंदर फूल ले आता पूजा के लिए। कभी-कभी तो बेला के खुशबूदार फूलों का गजरा गूंथ कर भाभी की अलमारी में धर देता। लेकिन आजकल भाभी पहले जैसे खिलखिलाकर नहीं हँसती। बस जरा सा मुस्कुरा कर रह जाती है।

चमन कभी लाड़ में आकर शिकायत करता तो कहती, "ऊँट जैसे लंबे हो गए हो, अब भी माँ की गोद चाहिए इस बावले को। तू क्या कोई छोटा बच्चा है जिसे मैं गोद में उठाए घूमती रहूं।" चमन इस बात पर खीं खीं कर हँसता मगर भाभी और उदास हो जाती।

चमन अब दसवीं कक्षा में आ गया। इससे आगे पढाई की सुविधा आसपास के गांवों में उपलब्ध नहीं थी। उसे दूर किसी शहर में पढ़ाना बड़े भैया की औकात के बाहर था। एक दिन चमन जब घर वापस आया तो देखा घर के अंदर भैया- भाभी आपस में वाद-विवाद कर रहे हैं।

चमन के लिए ये नई बात थी। उसने इन दोनों को कठिन से कठिन समय में भी लड़ते-झगड़ते तो दूर जोर से बोलते भी नहीं देखा। उसे समझ नहीं आ रहा था कि वह क्या करे। उन दोनों को उदास और परेशान देखकर एक दिन चमन भाई- भाभी का हाथ पकड़ कर रोने लगा। चमन उस दिन

के वाद-विवाद से परेशान होकर रो रहा है, यह सुनकर भैया और भाभी दोनों जोर से हँसने लगे।

आज बड़े दिनों बाद भाभी को यूं खुलकर हँसता देख कर चमन खुश होकर भाभी से लिपट गया। भाभी ने उसे झिड़का, "हट, मुआ ऊँट कहीं का" बहुत इसरार करने पर भाई भाभी ने हथियार डाल दिए। भैया ने अलमारी खोली और उसमें से कुछ कागजात निकाल कर ले आये। चमन के हाथों में धर कर बोले, "सुना है कि तुम अपनी भाभी को बड़े उपहार लाकर देते रहते हो!! तो आज मैंने और तुम्हारी भाभी ने भी सोचा कि हमने तो आज तक तुम्हें कोई उपहार नहीं दिया। तो बस, यह हमारी तरफ से तुम्हारे लिए पहला-पहला और छोटा सा उपहार..। पढो कलेक्टर साहब, हम दोनों को तो पढ़ना आता नहीं" और वो जोर से हँसने लगे। देखा भाभी अपने पल्लू से आँखों में आए पानी को पौंछ रही थी। भैया की आँखें भी भर आई।

चमन ने कागजात खोल कर पढना शुरू किया तो भौचक्का रह गया। ये तो खेत की जमीन के कागज थे, जिसे भैया ने गांव के जमींदार को बेच दिया। चमन मुँह फाड़े कभी भाई को तो कभी भाभी को देख रहा था। "आपने जमीन बेच दी मगर क्यों?"

भैया ने पास आकर उसके सिर पर हाथ फेरते हुए कहा, "ताकि मेरा भाई, मेरा बच्चा आगे की पढाई पूरी कर कलेक्टर बने।"

चमन ने चीख कर कहा, "फिर हम और आप खायेंगे क्या?"

भैया ने दृढता से जवाब दिया, "मेरे हाथों में दम है अभी बहुत। तुम्हें और तुम्हारी भाभी को भूखे पेट नहीं रहने दूंगा। वैसे भी कुछ दिनों की तो बात है। एक बार मेरा बच्चा कलेक्टर बन गया तो सारी जिंदगानी बैठकर खाऊँगा। मौज करेंगे हम दोनों।" यह कहते हुए उन्होंने भाभी के कंधे पर हाथ रख उन्हें अपनी ओर खींच लिया और एक दूसरे को देख कर मुस्कुराने लगे। चमन को समझ नहीं आ रहा था कि भैया जैसा समझ रहे है ये उतना आसान नहीं है।

खुद ही तो कहते थे कि ज्यादा लाड़-प्यार अच्छा नहीं है और आज भाई के प्यार में अंधे हो कर अपने लिए मुसीबत मोल ले ली। चमन ने अचानक सवाल किया, "आपने भाभी की इच्छा के विरुद्ध जाकर ये जमीन बेची है ना? भैया ने जवाब दिया, "हाँ।"

चमन शरम से जमीन में गड़ गया। जोर से बोला, "मेरे कारण भाभी को और कितने दुख देंगे आप? छोटी सी उमर में अनचाहे बच्चे को गोद में डाल दिया। उनके माँ बनने के अधिकार और सुख को भी छीन लिया। अब उनकी आजीविका का साधन भी छीन कर उनसे मेहनत मजदूरी करवायेंगे।"

भाभी की ओर रुख करके कहने लगा, "भाभी आप मान क्यों गई भाई की बात? आप इनसे और लड़ती, आपने हार क्यों मान ली। मैं ही अभागा हूँ जो अपनी माँ जैसी भाभी के दुखों का कारण बना।"

यह बात सुनते ही भाभी ने चमन के गाल पर एक कसकर तमाचा मारा। दोनों भाई सकते में आ गए। भाभी गुस्से से बोली, "खबरदार जो खुद को अभागा कहा। यह

कहकर आज तूने मेरी ममता का अपमान किया है। जा चला जा यहाँ से..... मैं तेरा मुँह भी नहीं देखना चाहती। मैं तेरे भाई से उस दिन इसलिए लड़ रही थी कि इस जमीन पर सिर्फ हमारा हक नहीं है। चमन भी अपने पिता की विरासत में मिली जमीन का हिस्सेदार है। उसका भविष्य हम उससे नहीं छीन सकते इसलिए मैं अपने जेवर बेचकर तेरी पढाई का बंदोबस्त करने के लिए कह रही थी। तेरे भाई जेवर बेचने को तैयार नहीं हो रहे थे इसलिए हम दोनों में बहस हो रही थी। तू क्या समझा? मैं जमीन क्यों नहीं बेचने देना चाह रही थी?" चमन भाभी के पैरों पर पड़ कर फूटफूटकर रोने लगा।

चमन को दसवीं कक्षा में बहुत अच्छे अंक मिले। भैया ने हेडमास्टर साहब की मदद से निकटतम शहर के एक अच्छे कॉलेज में चमन का दाखिला करवा दिया। गांव से शहर आते समय भैया ने खूब ऊँच नीच समझाई। भाभी ने लड्डू, गुड़, चना और ढेर सारी मठरी बाँध दी। चमन ने देखा भाभी आजकल बहुत बोलने लगी है। उसे भी हर वक्त दुनियादारी समझाती रहती है। खुश रहने लगी है। चमन को विदा करने के लिए गांव भर के लोग इकट्ठा हो गये। भाई ने चारों तरफ खबर जो फैला दी थी कि मेरा भाई कलेक्टर बनने जा रहा है।

गांव के लोग इसी उत्सुकता के साथ अपने भावी कलेक्टर को विदाई देने के लिए जमा हो गए। कौन जाने कल क्या काम पड़ जाए कलेक्टर साहब से। बार-बार समझाते हुए, पुचकारते, दुलारते भैया भाभी के सब्र का बांध आखिर टूट ही गया। बेचारा चमन कौन से फौलादी जिगर का था वह भी टूट गया। अब जो रोना धोना मचा कि हेडमास्टर जी

उकताकर बार-बार कहने लगे, "अब छोड़िए ई सब, देर हो जाएगा तो बस नहीं मिलबे करेगा। काहे को इतना रो रहे हैं। कोनो बेटी ससुराल थोडे न जा रही है। दूर.....बंद कीजिए ई रोनाधोना....।"

उनके बार-बार के प्रयास से सब जरा शांत हुए और चमन भैया-भाभी के पैर छूकर निकलने लगा तो फिर रोने लगा। यह देख कर पड़ोस की दादी अम्मा बोल पड़ी, "घबरा नहीं बचुआ, बहुत जल्दी तुमको वापस आना पड़ेगा।" चमन ने चौंककर देखा तो वह फिर बोली, "घर में बाल-गोपाल आयेगा तो पूछेगा नहीं कि हमरे कलेक्टर चाचा कहाँ है।" सभी जोर जोर से हँसने लगे। भाभी शरमा गई। इसी हँसी-खुशी के साथ चमन शहर पढ़ने के लिए चला गया।

इन आठ महीनों में भैया एक दो बार चमन को रुपये पैसे देने के लिए शहर आए। उनसे मिलकर चमन बहुत भावुक हो जाता। भैया मगर अपना मन पक्का रखते। भाभी की तबीयत, गांव की बातों के अलावा उसकी पढ़ाई की भी सारी खबर लेते और आँखों में आए पानी को छुपाते विदा हो जाते।

चमन खूब मन लगाकर पढ़ाई करता क्योंकि उसे अपने भैया का सपना और भाभी की उम्मीद पूरी करनी थी। एक दिन गांव से मोतीलाल नाम का भैया के साथ खेत में मजदूरी करने वाला आदमी आया। उसने खुशखबरी दी कि उसकी भाभी ने दो जुड़वा बच्चों को जन्म दिया है जिसमें एक लड़की और एक लड़का हैं। चमन की खुशी का ठिकाना ही नहीं रहा। आज उसकी, भैया और भाभी की बरसों की तमन्ना पूरी हुई थी।

मोतीलाल के साथ वह बस पकड़ कर गांव की ओर निकल गया। रास्ते भर वह खुशी के मारे चहकता रहा। मगर उसे मोतीलाल बड़ा ही विचित्र मालूम हो रहा था। किसी भी बात का न तो ढंग से जवाब देता न खुद कोई बात करता। सिर्फ कुछ पूछने पर हाँ हूँ हाँ हूँ करता रहा। चमन के यदि पंख लगे होते तो वो आज उड़कर अपने घर पहुंच जाता।

बस जब झटके से रुकी तो चमन ख्यालों की दुनिया से बाहर आया। उसका गांव आ गया था। बस बरगद की छांव में खड़ी थी। बिना एक पल गंवाए चमन अपना थैला उठाकर घर की तरफ दौड़ा। उसे यह देखकर बहुत आश्चर्य हुआ कि काम की इस बेला में भी खेतों में गांव का कोई भी आदमी व औरत दिखाई नहीं दे रहे हैं।

उसने सोचा, आज मेरे भैया के घर मिठाईयाँ बँट रही होंगी इसलिए सारा गांव मजे करने उसी के घर गया है। घर के करीब पहुंचने पर उसने देखा, सचमुच पूरा का पूरा गांव वहीं जमा है। अचानक चमन के पैरों में थरथराहट सी हुई। यहाँ इतनी शांति क्यों है? खुशी के अवसरों पर तो गांव में ढोल ताशे बजते हैं। वह घर के पास आ गया था। उसे रोने-कूकने की आवाजें सुनाई दी।

अचानक वह भीड़ को चीरता हुआ ऑंगन में आया तो स्तब्ध रह गया। ऑंगन में भाभी अर्थी पर लाल चूनर ओढे, माथे पर ढेर सारा सिंदूर मले शांत सोई पड़ी थी। बगल में घुटनों के बल बैठे भैया दोनों हाथों से माथा पकड़े बिलख रहे थे। चमन की चीख निकल गई। वह चिल्लाने लगा भाभी, भाभी.........। उसे देख कर भैया दौड़े आए और चमन को पकड़ कर छाती से चिपका लिया।

यहाँ अंतिम यात्रा की सारी तैयारियां हो चुकी थी बस चमन का ही इंतजार हो रहा था। चमन का सिर मुंडवाकर उसको नहलाया गया, उसके वस्त्र बदले गए। खेत पहुंच कर अंतिम संस्कार के लिए चमन को पुकारा गया। तब लोगों के बीच फुसफुसाहट शुरू हुई। चमन ने भी सुना, कुछ लोग कह रहे थे अब चमन क्यों? अब तो उसकी अपनी पेटजणी संतान है, उसका अपना बेटा। बेटे की जगह देवर तो नहीं ले सकता, बेटा आखिर बेटा है। चमन और जोर से फफकने लगा।

ये सारी बातें जब भैया के कान में पड़ी तो आक्रोश से बोले, "मेरी पहली संतान ही मेरी पत्नी का क्रियाकर्म करेगी...." बाकी और लोगों की तरह चमन भी भाई को गलत समझ रहा था। किसी ने चमन को एक ओर धकेला और गोद में एक नवजात शिशु को लिए सामने आया। चमन तो दुख के सागर में डूबा यह बात भूल ही गया कि उसकी भाभी ने दो बच्चों को जन्म दिया है। बच्चे को देखकर उसे लोगों की बातें सही लगी। ये हक तो यकीनन इस बच्चे का ही है। वह खुद ही पीछे की ओर सरकने लगा। अजीब से अहसास से घिरा हुआ चमन पीछे जा ही रहा था कि किसी ने उसका हाथ कसकर पकड़ा और खींचते हुए चिता के पास ले आया। उसका आँसुओं से भरा चेहरा हाथों से पकड़कर अपनी तरफ किया और हाथ में जली हुई लकड़ी थमा दी। लकड़ी से उठता धुँआ भी चमन को अपने भैया को पहचानने से नहीं रोक सका। दुख और धुँए से बहने वाले आँसू बिना किसी भेदभाव के एक हो गए। रोते-बिलखते चमन ने अपनी भाभी माँ को अंतिम विदाई दी।

भाभी के जाने के बाद चमन फिर शहर नहीं गया। भैया खेतों में मजदूरी करते और चमन घर में बच्चों की देखभाल। बड़ी मुश्किलों से ही मगर बच्चे बड़े होने लगे। आसपास की महिलाओं का भी चमन को सहयोग मिलता रहा। भैया पत्नी के विछोह और भाई के आगे ना पढ पाने के अफसोस से कभी बरी नहीं हो पाये और अंदर ही अंदर घुट घुटकर उन्होंने रोग पाल लिए। बच्चों के तीन साल का होने से पहले ही भैया चल बसे। बच्चे पैदा होते ही माँ बाप को खा गये, अपशकुनी है कहकर गांव के लोग उन्हें मंगतू और जलेबी जैसे अजीबोगरीब नाम से पुकारने लगे।

समय के साथ चमन को भी एक सुलक्षणा जीवनसाथी मिल गई। दोनों ने शुरू से ही आपस में तय कर लिया कि वे अपने भाई की संतान को ही अपनी संतान की तरह पालेंगे। दोनों ने बच्चों के लालन-पालन में कभी कोई कोताही नहीं बरती। चमन ज्यादा तो नहीं पढ पाया मगर पढने में तेज होने के कारण उसका सामान्य ज्ञान अन्य ग्रामीण युवकों की अपेक्षा बहुत अच्छा था। अपने दसवीं कक्षा के अंकों के आधार पर उसे पास के ही एक बड़े साहूकार के यहाँ लिखा-पढी का काम मिल गया। चमन की गृहस्थी आराम से चलने लगी। अब चमन का एक ही लक्ष्य था भैया के दिए उपहार का मान रखना।

सालों बाद अब चमन का गांव काफी बदल गया है। सरकारी स्कूल, अस्पताल, पोस्टऑफिस और पक्की सड़क, जहाँ शहर जाने वाली एक से ज्यादा बसें रुकने लगी हैं। सेठजी और मुनीम जी दोनों ही अब नहीं रहे। उनके बेटे अब सेठजी का कारोबार देखते हैं। चमन उनका सबसे पुराना

और वफादार मुलाजिम है और अब सारा हिसाब-किताब वही संभालता है। चमन के बच्चे भी चमन की तरह ही पढ़ने में काफी होशियार निकले। दोनों शहर में रहकर पढाई कर रहे हैं।

आज गांव में कोई सरकारी जलसा होने वाला है। पोस्ट ऑफिस के सामने बहुत बड़ा पंडाल बंध रहा है। एक जलसे की तैयारी आज चमन के घर भी हो रही है। दोनों जलसों में एक बात समान है। पोस्ट ऑफिस में आज एक नवनियुक्त अधिकारी किसी जाँच-पड़ताल के लिए आने वाले हैं। उन्हीं के स्वागत सत्कार के लिए ये तैयारियां हो रही हैं।

वहीं चमन के घर भी कोई मेहमान आने वाला है उसी के स्वागत सत्कार की तैयारी में समूचा गांव जुटा हुआ है। चमन के तो आज पंख लग गये है। उसकी पत्नी भी अधबावली सी कभी घर की सजावट देखती है तो कभी रसोई में जाकर बने पकवानों को चख कर उनमें कमियां निकालती है। कोई और भी है जो इन दोनों की हालत देख कर हँसे जा रही है। इतराते हुए कभी चमन से लिपटती है तो कभी उसकी पत्नी से। सब लोगों में बड़ी उत्सुकता बनी हुई है किसके मेहमान पहले आयेंगे।

तभी गाड़ियों का एक लंबा-सा काफिला चमन के घर के सामने रुका। उनमें से झटपट कुछ सिपाही उतरे और बीचोंबीच खड़ी एक गाड़ी का दरवाजा बड़े अदब के साथ खोला। चमन अपनी पत्नी के साथ घर के सामने मेहमान के सत्कार के लिए खड़ा था। उसके उतरते ही जोरदार तालियों की गडगडाहट हुई। चमन को लगा जैसे उसके दिल की धडकन रुक जायेगी। उसकी आँखें, आँखों में घिर आए

आँसुओं के कारण ठीक तरह से कुछ देख नहीं पा रही थी। उसने शर्ट की बाँह से अपनी आँखों को पौंछा तो देखा सामने जिले के कलेक्टर साहब खड़े थे। कलेक्टर मंगत कुमार बिस्त.......।

चमन के होश में आने से पहले ही मंगत अपने प्यारे चाचा चमन कुमार बिस्त और चाची माँ रधिया के पैरों पर झुक गया। चमन ने उसे दोनों हाथों से उठा कर गले से लगा लिया। चाची भी उन दोनों से लिपट गई। उन सभी की आँखों से गंगा जमुना बह रही थी। तभी किसी ने उचक कर फूलों की माला कलेक्टर साहब के गले में डाल दी। कलेक्टर साहब ने हँसकर उसे भी अपने गले लगा लिया और कहा, "कैसी हो डॉक्टर जलेबी बिस्त"।

चमन को समझ नहीं आ रहा था कि वह बड़े भैया और भाभी को उपहार दे रहा है या उनसे उपहार ले रहा है........

लंगड़े बाबा

वो चारों स्कूल से लौटकर आए तो सभी के पेट में चूहे कूद रहे थे। अंदर रसोई घर से आती खूशबू उन्हें अपनी ओर खींच रही थी। जल्दी-जल्दी किताबों के बस्ते अपने कमरे में रखने गये तो एकाएक चौकन्ने हो गए और एक दूसरे की तरफ सवालिया निगाहों से देखने लगे।

लोहे का काला ट्रंक, वो भी बड़ी साईज का कमरे के एक तरफ बड़ी सी जगह घेरे पड़ा था। तीनों ट्रंक के करीब गये और अपनी खुफिया नजरों से उसकी जांच पड़ताल करने लगे। एक ने गंभीर होकर कहा, "आकार प्रकार देखकर तो लगता है कि जो कोई भी है, लम्बा टिकने के लिए आया है।" सबने गंभीरता से हामी भरी। दूसरे ने पूछा, "मगर कौन हो सकता है?" सब सोचने वाली मुद्रा में खड़े रहे।

थोड़ी देर बाद सबने अंदाजे लगाने शुरू किए और एक दूसरे की बात काटते हुए आपस में भिड़ गए। बगल से गुजरते चाचा ने उन्हें आपस में उलझते हुए देखा तो जोर से बोले, "स्कूल से लौटे नहीं की शुरू हो गई तुम लोगों की मारधाड़? जाओ जाकर खाना खाओ।" बच्चों ने पीछे से मुँह बनाकर एक दूसरे को चिढाया और रसोई घर की तरफ दौड़ पड़े। वहाँ परिवार की महिलाओं का मजमा लगा हुआ था और उनके बीचोंबीच बैठे थे उस बड़ी वाली काली ट्रंक

के मालिक, हमारे लंगड़े बाबा। तो ये है घुसपैठिए जिन्होंने हमारे कमरे पर अब कई दिनों तक कब्जा किए रखना है।

हमें देखते ही बाबा ने अपनी तेज और कड़क आवाज में पुकारा, "इधर आओ बंदरों। स्कूल तो कब की छूट गई तुम्हारी, अब तक कहाँ मटरगस्ती कर रहे थे। मैं कह रहा हूँ भाभी, इन बच्चों पर जरा लगाम रखो, बिगड़ जायेंगे देखना।" लंगड़े बाबा की भाभी, मतलब हमारी दादी ने हाथ झटक कर कहा," आप भी न देवर जी! बच्चों के पीछे ही पड़े रहते है। स्कूल से थके हारे हुए आए हैं बेचारे....."

माँ को आवाज लगाकर कहा, "बहू खाना परोस बच्चों को।" दादी की बात सुन कर बाबा जरा-सा चिढ़ गये और बोले, "अरे बड़ों को प्रणाम-व्रणाम करना सिखाया कि नहीं इन बेचारे बाबुओं को।"

दादी के इशारे पर बच्चे उनके पैरों पर लुढ़क गए तो बाबा इतनी जोर से उछले कि आसपास बैठी महिलाएं भी गिरते-गिरते बची। बाबा ने अपने पाँव इस तरह से समेट कर ऊपर कर लिए जैसे की कोई साँप रेंगता हुआ देख लिया हो। उनको इस तरह देख महिला मंडल में भगदड़ सी मच गई। औरतों की चिल्लमचिल्ली देखकर बाबा भी घबराकर उठ खड़े हुए। सब एक दूसरे से पूछ रहे थे कि क्या हुआ, क्या हुआ??? किसी को नहीं मालूम कि आखिर हुआ क्या.....इस आपाधापी को देख बच्चे सकपका गए।

लंगड़े बाबा ने भी घबराई हुई औरतों से पूछा कि 'क्या हुआ', तो दादी ने गुस्से में सवाल पर सवाल दागा, "वही तो, आप बताईये कि क्या हुआ? आपने चिल्लाकर पैर ऊपर क्यों किए?"

"मैंने? अरे! मैंने तो पाँव इसलिए ऊपर खेंचे क्योंकि ये दोनों छोरियां भी छोरों के साथ मेरे पाँव पड़ रही थी। भला छोरियों से कोई पाँव छुआता है? देवी का स्वरूप होती है कुँवारी कन्या....तुमलोगों ने भी भाभी इन बच्चों को कुछ नहीं सिखाया...।"

दादी ने माथा पीट लिया और सारी औरतें भुनभुनाते हुए इधर-उधर हो गईं। बिन बात के सबके दिल की धड़कने बढा दी थी लंगड़े बाबा ने। बच्चे मगर मुँह दबाकर खीं-खीं कर हँस रहे थे। महफिल बरखास्त हो चुकी देख बाबा बाहर बरामदे में पुरुषों की गद्दी पर जा बैठे।

लंगड़े बाबा हमारे दूर के रिश्तेदार है। बचपन से ही पोलियो ग्रस्त होने के कारण उनका एक पाँव छोटा था जिसके कारण उन्हें लंगड़ाकर चलना पड़ता था। उनकी इसी चाल के कारण घरवाले उन्हें प्यार से लंगड़े भैया, चाचा, ताऊ, बाबा, बाबू, मामा, नाना, सेठ वगैरह-वगैरह अपने-अपने रिश्तों के हिसाब से पुकारने लगे। उन्होनें अपने इस नाम को सहर्ष स्वीकार भी कर लिया।

लंगड़े बाबा अविवाहित थे, इसलिए उनका अपना तो कोई परिवार था नहीं। सारे खानदान को मगर वह अपना ही परिवार मानते थे और परिवार के सभी लोग उनका यथोचित मान-सम्मान करते थे। छोटे पाँव के अलावा उन्हें बचपन में कभी चेचक भी हो गई थी इसलिए चेहरा चेचक के दागों से भरा हुआ था। लंगड़े बाबा घर-परिवार की महिलाओं में बहुत लोकप्रिय थे। उनके बीच बैठकर उन्हें देश विदेश के समाचार सुनाते, नई-नई और अजीबोगरीब खबरें सुनाकर उन्हें अचंभित करते।

इसके अलावा बाबा महिलाओं के लिए ऑल इंडिया रेडियो का भी काम करते यानि पूरे खानदान और रिश्तेदारों की अच्छी बुरी खबरें रस ले-लेकर सुनाते। सुनाने वाला तो खुश ही खुश, सुनने वाले भी खुश। सुनकर मदमस्त होने वाले मगर ये भूल जाते कि कहीं और, उन्हें भी बस एक खबर बना कर साथ ले जाने वाले हैं लंगड़े बाबा।

बच्चों के दिलों में उनके लिए मिले-जुले से भाव थे। इसका कारण यह था कि बाबा कभी तो बच्चों के प्रति बड़े उदार हो जाते और कभी बहुत ही कठोर। बच्चे उनकी प्रकृति को समझ ही नहीं पाते कि कब वो खुश होकर इनाम दे देंगे या कब डाँट लगाकर ऐसे जोर से कान उमेठेंगे कि कान हाथ ही में आ जाये। कब बच्चे के माँ-बाप को भड़काकर पिटवा दे या ऊँगली पकड़कर कोका कोला, पेप्सी पिलाने ले जाए। जो भी हो, बच्चों की जिंदगी में इनकी हर वक्त की दखलअंदाजी उन्हें दिन में तारे दिखा देती।

एक तो लम्बा ठहरने वाला मेहमान और वो भी लंगड़े बाबा....। इस गंभीर मुद्दे को लेकर आज शाम बच्चों की मीटिंग हो रही है। उन्हें अपने बड़ों पर भयंकर गुस्सा आ रहा है कि हर बार, हर मेहमान को उनके ही कमरे में क्यों टिका देते हैं? बड़े होने का गैरफायदा उठाते हैं सब। अपने कमरों में एडजस्ट कोई नहीं करता।

देवर जी, भाई साहब, चाचाजी-भैयाजी कहने वाले सब चुपचाप सरक जाते हैं अपने-अपने शयनकक्षों में। कितने बड़े- बड़े कमरें हैं सभी के और मेहमानों को आठ बाई आठ के इस छोटे से कमरे में बसा देते हैं महीनों-महीनों तक। हमारा खुद का ही पूरा नहीं पड़ता। ये छुटकी बेचारी पैरों में

सोती है। दीदी ने अपने साम्राज्य की सरहदें तय कर रखी है। बड़े भाई के तो नखरे ही नहीं खतम होते, कभी गर्मी लगती है तो खिड़की की तरफ सोना है और कभी ठंड लगी तो दीवार की तरफ। लालू बेचारे ने सारी एडजस्टमेंट अपने खाते लिखवा ली है। अब बड़े भाई-बहनों के मुँह कौन लगे, रात दिन का साथ है।

सारी माथापच्ची करने के बाद बच्चों ने हिम्मत करके इस शिकायत को दादियों के सामने रखा। दादियों ने दादाजी तक खबर पहुंचाई और उसके बाद पूरे घर के सामने बच्चों की इस हिमाकत की ऐसी फजीहत की गई। बस फांसी पर नहीं लटकाए गए वरना हालत तो शहीदों जैसी ही हो गई थी। फिर ढाक के वही तीन पात। लंगड़े बाबा के साथ कमरा बाँटने के अलावा बच्चों के पास और कोई चारा नहीं बचा।

आजकल बच्चे देर तक बरामदे में बैठे पढाई करते रहते हैं। लंगड़े बाबा जब कमरे में आते है तो देर तलक बच्चों का इंतजार करते है मगर बच्चे पढाई का बहाना कर बाहर ही बैठे रहते हैं। थक हार कर जब बाबा सो जाते है तो बच्चों की टोली दबे पांव कमरे में आती है। सीधे फैलकर गुलिवर की तरह सोए बाबा के इर्दगिर्द बैठकर अपनी-अपनी जगह की माप-जोख होती है। लड़ने-झगड़ने का मैदान भी तो उपलब्ध नहीं होता, बाबा जो बीचोंबीच पसर कर सो रहे है। किसी तरह चिढ़ते-चिढ़ाते बच्चे नींद के हत्थे चढ़ ही जाते हैं।

कहानी यहीं खत्म नहीं होती। कभी बाबा की कस कर पड़ने वाली लात, कभी एकाएक गाल पर थप्पड़ की तरह पड़ने वाला हाथ तो कभी शेर जैसे खर्राटों की खौफनाक आवाज बच्चों को गहरी नींद से जगा देती। इसके अलावा

सबसे खतरनाक स्थिति तो तब पैदा होती है जब बाबा ढोल-नगाड़े बजाते है। सिर्फ आवाज हो तो बच्चों का मनोरंजन ही करती है। आवाज के साथ यदि बदबू का झोंका भी हो तो उन नन्ही जानों का, उस चारों ओर से बंद कमरे में साँस रोके पड़े रहना दुश्वार हो जाता है। बच्चे किसी तरह इधर-उधर लुढक कर सो जाते और जब कभी नहीं सो पाते तब लिखी जाती नई-नई कहानियां।

बाबा के खर्राटों से लालू की नींद खुल गई। उसने बहुत चेष्टा कि वापस सो जाने की मगर खर्राटे कम होने का नाम ही नहीं ले रहे थे। उसने कानों में ऊँगलियाँ घुसेड़ी, तकिए से कानों को बंद किया और आखिर में उठकर बैठ गया। रातभर, आसपास सोते हुए लोगों के बीच अकेले जगे रहना मनुष्य जीवन की शायद सबसे मुश्किल सजा है। इस सजा से घबराकर लालू ने छुटकी को झकझोर कर जगा दिया।

नींद से उठी छुटकी बाबा के खर्राटों से भयभीत होकर कमरे से ही बाहर भाग गई। लालू भी पीछे दौड़ा आया। बहुत मुश्किल से उसने बहन को समझाया कि जिसे वो शेर की आवाज समझ कर डर गई वो बाबा के खर्राटे हैं। अब दोनों बाहर ही बैठ गए। वहाँ भी ज्यादा देर नहीं बैठ पाए क्योंकि कभी शेर की दहाड़ तो कभी हाथी की चिंघाड़ वहाँ भी पहुंच रही थी जो अंधेरे में बच्चों को डराने के लिए काफी थी।

इसका इलाज करना जरुरी है, यह उनकी समझ में अच्छी तरह से आ गया। अगली सुबह दोनों बच्चों ने कुछ तय कर लिया और रात होने का इंतजार करने लगे। रोज की तरह जब सब सो गए तो उन्होंने अपना अभियान शुरू किया। आज दोपहर को ही उन्होंने अपने गाय दुहने वाले

नौकर के कुरते की जेब से खैनी की डब्बी निकाल कर खाली कर दी। लालू और छुटकी दोनों बाबा की अगल-बगल पालथी मारकर बैठ गए।

दीदी और भैया स्वप्न लोक में विचरण करते दिखे तो इत्मीनान से लालू ने अपनी हाफपैंट की जेब से खैनी की पुड़िया निकाली और हथेली पर डाल कर रगड़ने लगा। छुटकी ने बगल में छुपाकर रखा रजिस्टर का कागज निकाला। बहुत ही एहतियात से कागज को चारों हाथों से पकड़ कर देखा और फिर उसपर रगड़कर तैयार की गई खैनी फैला दी। धीरे-धीरे दोनों ने बैलेंस बनाते हुए कागज को लंगड़े बाबा की नाक की सीध में लगा दिया। छुटकी के हाथ काँप रहे थे तो लालू ने आँखें निकालकर उसे धमकाया। छुटकी ने संभल कर अपने हाथ साधे और परिणाम की प्रतीक्षा करने लगे।

कुछ ही देर बाद बाबा ने खर्राटों के बीच एक जोर की साँस खींची। बच्चों ने तुरंत ही बड़ी सफाई से अपने हाथ खींच लिए और फिर चला छींकों का लंबा दौर। लंगड़े बाबा छींक-छींक कर दोहरे हो गए। बच्चों का प्लान सफल तो हो गया मगर गलत साबित हो गया। खर्राटों के स्थान पर बाबा रातभर छींकते रहे। सुबह देखा तो नौकर अपनी जेब से खैनी की जगह पैसे चोरी होने की कहानी दादियों को सुना रहा था।

अगले दो-चार दिन खूब रिसर्च करने के बाद लालू और छुटकी ने एक नई तरकीब ढूंढ निकाली। आज रात भी दोनों ने रोज की तरह सोने का अभिनय किया। जब लगा सब सो गए तो दोनों चुपके से उठे और कमरे के पीछे पहुंच गए जहाँ पहले से उन्होंने एक स्टूल रखा हुआ था।

कमरे की इस पिछली दीवार पर बीचोंबीच पाँच ईंटें निकाल कर डिजाइन बनाई गई थी जो सुंदर दिखने के अलावा हवा के आवागमन में भी काम आती थी। इधर-उधर नजरें दौड़ाकर लालू जब आश्वस्त हो गया कि कोई खतरा नहीं है तो हौले से स्टूल पर चढा। छुटकी ने उसके हाथ में एक पतली सी लकड़ी की सींखची पकड़ाई जिसके अगले छोर पर एक लंबा सा सफेद धागा बंधा हुआ था। लालू ने धागा अपनी मुँह में डालकर थूक से गीला किया और सींखची धागे सहित मोखे में से कमरे की दीवार के अंदर डाल दी। छुटकी तब तक कमरे के दरवाजे पर आ गई थी ताकि भाई को गाईड कर सके।

मोखे की डिजाइन कमरे के बीचोंबीच बनी हुई थी और लंगड़े बाबा भी बिना बच्चों की सुविधा-असुविधा देखे, कमरे के बीचोंबीच पसरे पड़े थे हमेशा की तरह। लालू, छुटकी के संकेतों के अनुसार लकड़ी की सींखची हिला रहा था। लकड़ी से लटका और थूक से गीला किया धागा बाबा के चेहरे को हल्के-हल्के से छू रहा था तो उन्हें खुजलाहट सी मच रही थी। वो बार-बार अपने हाथों से चेहरे को छू रही चीज को मच्छर-मक्खी समझ कर हटा रहे थे।

इस प्रक्रिया में उनकी नींद बाधित होने के कारण उनके खर्राटों पर लगभग विराम सा लग गया। हालांकि बच्चों की भी नींद हराम हुई मगर उनके संतप्त हृदयों को कुछ तो संतोष मिला। उनकी नींद हराम करने वाले की भी नींद पूरी नहीं हो पाई, इस बात का उनको बड़ा इत्मीनान था।

अब बच्चों का यह रोज का सिलसिला हो गया। नींद नहीं आने की स्थिति में बच्चे तरह-तरह के तरीके अपनाकर

अपना मनोरंजन किया करते। कभी लंगड़े बाबा की बड़ी सी तोंद पर टेनिस की बॉल रख कर शर्त लगाते कि बॉल किधर गिरेगी। सीधे सोए पड़े बाबा का मोटा पेट सांस के साथ ऊपर- नीचे होता तो गेंद लुढककर किसी एक दिशा में गिर जाती। जीत हासिल करने वाले बच्चे को गिनकर कुछ काँच के कंचे तो कभी कोई पतंग या कहानियों की 'बाल पाकेट बुक' मिल जाती।

अगले दिन स्कूल से लौटने पर बच्चों ने देखा बाबा कमरे के आगे कुर्सी डाल कर बैठे हुए है। बच्चों को देखते ही उन्हें धर लिया। आदेश मिला कि सब मिलकर कमरे से सारा सामान बाहर निकालो। कमरे की अच्छी तरह से सफाई करनी है।

"गर्मियों में भी दीवाली आती है क्या?" छुटकी ने लालू से प्रश्न किया तो एक चपत खाने को मिली। बाबा ने बुरा सा मुँह बनाकर कहा, "कचरे की तरह सामान भर रखा है तुम शैतानों ने, इसीलिए कमरे में मच्छर ही मच्छर भर गए हैं। जरा सफाई हो जाएगी तो मच्छरों से छुटकारा मिलेगा।" लालू और छूटकी मुँह दबाकर हँसने लगे और बाकी दोनों बच्चे मुँह फाड़े आश्चर्य से कभी बाबा को तो कभी लालू को देख रहे थे।

मच्छर और यहाँ? ठंडे प्रदेशों में मक्खी-मच्छर, तेलचट्टे जैसे कीड़े मकोड़े नहीं होते हैं। मरते क्या न करते, बाबा की दादागिरी भारी पड़ गई। कमर तोड़ मेहनत करवा कर बाबा ने बच्चों को बीस- बीस रुपये बांटे और कहा, "जाओ मौज करो।"

रात फिर चारों बच्चों ने मिलकर कारस्तानी की और बाबा की नींद हराम हुई। अगली सुबह लंगड़े देवर जी को

अपनी प्रिय भाभियों के साथ बहस करते सुना। बहस का मुद्दा था, मच्छर....।

बाबा का कहना था कि उनके कमरे में मच्छर हैं जो उन्हें रातभर ढंग से सोने नहीं देते। भाभियां उनकी इस अनोखी बात को सिरे से नकार रहीं थी। यह एक विचित्र-सी बात थी कि घर के किसी एक विशेष कमरे में मच्छर हैं जो एक ही व्यक्ति को काट कर परेशान करते हैं।

लंबी बहस के बाद बच्चों को भी बुलवा कर चौकसी की गई। बच्चों ने भी इंकार कर दिया। दादियों ने बच्चों के हाथ-पाँव टटोल-टटोलकर देखे कि कहीं मच्छर काटे के निशान दिख जाएं। जब हर तरह से साबित हो गया कि मच्छर वाली बात बाबा के दिमाग का फितूर है तो दादी ने परिहास किया, "लंगड़े देवर जी आप भांग तो नहीं चढ़ाने लगे...।"

जब सबने मिलकर लंगड़े बाबा का मजाक बनाया तो बाबा रूठ गए और उस कमरे में सोने से इंकार कर दिया। बाबा की खाट आज खुले बरामदे में लगाई जायेगी यह तय किया गया। बच्चों की तो मन माँगी मुराद पूरी हो गई। आज रात बच्चे जश्न मनाने की सोच रहे थे कि मालूम हुआ लंगड़े बाबा दोपहर की बस पकड़कर अपने शहर लौट गए।

आज बच्चों में बड़ा उत्साह दिखाई दिया। खा-पीकर, हँसते-बतियाते, गाते हुए बच्चे जब अपने शयनकक्ष में पधारे तो बिस्तर पर उछलकूद कर खूब धमाल मचाया। तकिए उठा-उठाकर एक दूसरे पर फैंके। रात देर तक कहानियों की किताबें पढ़ीं और बिना आपस में लड़े-झगड़े अपनी-अपनी जगह लेट गए।

रात बहुत हो गई, सारा घर सो गया लेकिन बच्चों की आँखों से नींद गायब है। सभी खुली आँखों से छत को निहार रहे हैं। कभी इधर, कभी उधर करवटें बदल रहे हैं। दरअसल इन चारों को लंगड़े बाबा याद आ रहे हैं।

बिस्तर पर लेटे बाबा, उनके भयंकर खर्राटें, ऊपर-नीचे, उठता-गिरता मोटा पेट। डांट-डपट के साथ मीठी हँसी-ठिठोली...। आँखों से डराते, तो कभी हाथ उठाते, कभी चॉकलेट व पेप्सी-कोला दिलाते बाबा.....।

आज बच्चों को कमरा बहुत बड़ा लग रहा है और सूना-सूना भी....।

* 9 7 9 8 8 8 9 3 5 8 4 1 1 *